完全無敵の愉悦王は××不全!?
この病、薬師令嬢にしか治せません！

すずね凜
✦
Illustration
なおやみか

gabriella books

完全無敵の愉悦王は××不全!?

この病、薬師令嬢にしか治せません！

contents

序章

グーテンベルク王国は大陸一の大国である。温暖な気候に恵まれ広大で肥沃な領地、優れた文化と経済力を有し、歴代の国王の統治も安定し、民たちは平和に暮らしていた。

話は前国王の時代に遡る。

その日、首都の王城の大ホールにおいて、国王の即位二十周年記念の祝典が粛々と執り行われていた。

もうすぐ七歳になるナターリエは、父ハイネマン伯爵と共に、祝典に出席していた。

ナターリエにとって、生まれて初めて足を踏み入れる王城であった。

ナターリエは、艶やかな赤毛の髪とぱっちりとした菫色《すみれいろ》の瞳、色白の整った面立ちに、鼻の上に薄くそばかすが散っていて、この上なく愛らしい美少女である。

彼女は父の隣の席で、興奮で顔を上気させてかしこまって座っていた。彼らの席は、国王付きの薬師たちの並ぶ場所にあった。

ハイネマン伯爵家は、代々王家に仕える薬師の家系であり、父も王家付きの薬師を拝命している。

しかし現在のハイネマン伯爵家は、なぜか女の子ばかり六人も生まれ男子は一人もいなかった。そのため父は、末っ子のナターリエを薬師として育て、ハイネマン伯爵家の後継にしようと考えた。ナターリエは賢く努力家な娘で、父の期待に応えようと毎日勉学に励んでいる。

今回の祝典には、特別に父の付き添いとして出席が許されたのだ。

大ホールでは、荘厳な音楽が奏でられる中、国王陛下が神官より祝福の祝詞《しゅくし》を受ける式が始まった。出席者は全員起立して恭《うやうや》しくこうべを垂れた。ナターリエもそれにならい起立しながら、ちらちらと周囲の薬師たちの姿を盗み見る。

王家付きの薬師たちには、特別に王家の紋章の入った濃いグリーンの礼装が与えられる。父もずらりと並んでいる薬師たちも、皆揃いの濃いグリーンの礼装を誇らしく身に纏《まと》っていた。

(ああ、なんて立派なんでしょう。私もいつか、あの礼装を国王陛下から授けていただくのだわ)

ナターリエは未来の自分の晴れ姿を頭に描き、うっとりとするのだった。

祝典は無事終了し、出席者は特別に国王陛下の昼餐会《ちゅうさん》に招かれることになっていた。

まだ幼いナターリエは出席を許されず、控え室で待機することになった。

広々とした控え室のテーブルの上には、さまざまな茶菓が用意されてあった。

ナターリエはお茶とお菓子をいただきながら、一人で父が戻るのを待っていた。初めは物珍しく、控え室の豪華な調度品などを鑑賞して回っていたが、そのうち退屈してきた。

飾り窓からは、王城の裏庭が見渡せる。庭は手入れが行き届き、剪定《せんてい》された樹木、色とりどりの観葉植物や花が咲き乱れている。

「わあ、なんてたくさんの植物。見たこともないお花もいっぱいだわ。もしかしたら、薬草に使えるものもあるかもしれないわね」

ナターリエは興味津々で庭を見回していた。

と、植え込みの向こうの小さな噴水の側に、誰かがうずくまっているのが見えた。青い礼装姿だ。まだ少年らしい。頭を抱えている。

「どうしたのかしら……」

ナターリエはしばらく少年の様子を窺っていたが、彼がぴくりとも動かないので次第に心配になってきた。

勝手に出歩いてはいけないと父には言われていたが、気がかりでならない。

裏庭に出るベランダの窓を開け、庭に降りた。

足音を忍ばせて、噴水の方へ近づいていく。こちらに背中を向けている少年にむかって、そっと声をかけた。

「あの……どうしたの？」

少年の背中がぴくりとし、頭を抱えていた両手がゆっくりと下ろされる。少年が肩越しに振り向いた。

「あ――」

ナターリエは思わず声が出た。

歳の頃は十三、四だろうか。艶《つや》やかな金髪にサファイアのような青い目、ぞくりとするほど整った面立ちだ。青年期に差し掛かる前の中性的な美貌に、目が眩《くら》みそうだった。

だが顔色は青ざめ、苦痛に耐えるような表情をしている。

少年はじっとナターリエを見つめ、小声で答えた。

「頭が割れるように痛いんだ」

変声期前の澄んだアルト声だ。だが口調はひどく不機嫌そう。

「まあ、頭が？」

普段なら、薬や薬草を入れたバッグを携帯しているのだが、今日はお祝いの席なので屋敷に置いてきてしまっていた。

でも、薬師の卵として、なんとかしてあげたい。

ナターリエは少年の前に回ると、しゃがみ込んで彼の顔を覗《のぞ》き込んだ。

「熱はないかしら？」

顔を寄せて、少年の白皙《はくせき》の額に自分の額をこつんと押し当てた。

「なっ、何をするっ、無礼者っ」

少年が驚いたように身を引いた。青ざめた顔に血の気が上る。

「ご、ごめんなさい、熱を測ろうとしただけなの。額に触っていい？」

真剣な顔で言うと、少年はしばし無言でいたが、やがてこくんとうなずいた。

ナターリエは右手を伸ばして、少年の額に触れた。さっきより熱くなっているような気がした。

「少し熱があるかしら。立てる？　そこの噴水の側に腰掛けるといいわ。涼しいから」

少年の背中に手を回して介助しようとすると、彼がじゃけんに手を払った。

「一人で立てる」

彼がすくっと立ち上がった。立つと、とても上背があることがわかった。錦糸の縫い取りのある上等な絹の上着を着ていて、身分の高い子息に違いない。

少年が噴水の縁に腰を下ろす。彼は両手でくしゃっと髪を掻《か》き回した。

「くそっ、痛くてたまらない」

彼の苦しそうな様子に、ナターリエは治してあげたいと強く思った。

「お庭に、なにか効く薬草があるかもしれないわ。こんなにたくさん植物があるのですもの」

ナターリエは立ち上がると、庭を見回した。

向こうの池に睡蓮《すいれん》の花が咲いているのが見えた。

「待っていて」

ナターリエは少年にそう言い置くと、急いで池に向かった。

広い池の真ん中に、白い睡蓮がいくつか花開いている。

「よいしょ」

ナターリエは池の端に膝をついて、手を伸ばした。しかし小柄なナターリエでは、届かない。少しだけためらったのち、誰もいないのを確認してから靴を脱ぎスカートの裾を腰の帯に挟み、ばしゃばしゃと池の中に入っていった。

いくつか睡蓮の花を摘み取った。それを抱え、急いで少年の元まで戻った。

息を切らしながら、少年に睡蓮の花を差し出した。

「さあ、このお花の香りを胸いっぱいに吸ってみて」

少年はずぶ濡《ぬ》れの姿に驚いたようだ。

「君、びしょ濡れで――」

「いいから、早く」

「花の香りを嗅ぐだけなのか?」

ナターリエは深くうなずく。

「だまされたと思って」

少年は疑《うたぐ》り深そうな顔で睡蓮の花を受け取り、そこに顔を寄せる。

「――いい香りだ」

「しばらくそのまま深く嗅いでいてちょうだい」

少年はじっと睡蓮の花に顔を埋めていた。しばらくすると、彼が顔を上げた。

表情が見違えるように明るい。

「治った――ウソみたいに痛みが消えた」

ナターリエはほっと息を吐いた。

「ああよかったわ！　ほんとうは、煎じてお砂糖を加えて飲む方が効果があるのだけれど、とても香りが強いから、効くかもしれないと思ったの」

ニコニコしながら言うと、少年が不思議そうにたずねた。

「君は、誰だ？　魔法のようだった。この庭の妖精かなにかか？」

ナターリエは顔を赤らめた。

「私は、薬師の娘なの。将来、薬師になるために、お父様からいろいろ学んでいるところよ」

少年が目を丸くする。

「女の子の薬師なのかい？」

それから彼は気がついたように、自分の上着を脱ぐとナターリエに近寄って屈《かが》み込んだ。

「僕のために、素敵なドレスがびしょ濡れだ」

彼は自分の上着でナターリエの濡れたドレスを丁寧に拭ってくれた。

「あ、そんなこと——上着が濡れて……」

「かまわない。さあ、これで少しはましかな」

少年は立ち上がると、手を差し出した。

「そこにお座りよ」

「はい」

ナターリエは少年がレディ扱《あつか》いしてくれたのがこそばゆくも嬉《うれ》しく、彼の手を借りて噴水の端に腰を下ろす。少年は、少し離れたところに座った。

少年は睡蓮の花を手に取り、何度も花の香りを嗅いだ。

「ありがとう。さっきはじゃけんな態度を取って悪かった」

「ううん、いいの。頭が痛いとイライラしてしまうから」

「君は、今日の陛下の祝典に招かれたのかい？」

「はい。お父様が王家付きの薬師で、私はお供したのよ」

「そうだったのか」

「素晴らしく豪華で晴れやかな祝典だったわ。王家付きの薬師たちが、濃いグリーンの礼装姿でずらりと並ばれて、とっても格好良かったの。私ね、いつかお父様の後を継いで立派な薬師になって、国王家の紋章が入った濃いグリーン色の礼服を着るのが目標なのよ」

少年が微笑を浮かべる。

「素敵な目標だね」

「そうよ、そのために、毎日一生懸命お勉強してるの。お父様に付いて回って、領地にある薬草のことなら全部知っているわ」

「それはすごい」

少年は熱心に聞き入ってくれる。それが嬉しくて、ナターリエはついつい話に熱が入ってしまった。

「でも、この国にない薬草もいっぱいあるの。だから、いつか世界中の国を回って、ありとあらゆる薬草や薬鉱石を手に入れるの。そしてどんな病気や怪我《けが》でも治してしまうの。それが私の夢よ」

少年は目を輝かせて夢を語るナターリエの横顔を、眩《まぶ》しそうに見つめていた。

「君の夢が、かなうといいね」

少年が笑顔でそう言うと、ナターリエの心臓がにわかにばくばくいい始めた。

（いやだ、心臓発作の前触れでなければいいんだけど……。しずまれ、心臓）

少年が美麗な顔を寄せて、アルト声でささやく。

「君は、えらいね。まだ小さいのに、自分の将来をそんなにも真剣に考えているなんて——僕なんか自分の未来なんか少しも——」

「王太子殿下、ここにおられたのですか？」

ふいに、背後から声をかけられた。

王家の従者の印である紺色の制服を着ている黒髪の若い男が、慌てた様子で茂みから姿を現した。

従者は少年と並んで座っているナターリエを見ると、声を荒らげた。

「娘、失礼であろう！　そのお方は恐れ多くも、第二王太子殿ギルベルト様であられるぞ！」

ナターリエはびっくりして、慌てて地面に平伏した。まさか王太子殿下だったとは――。

「も、申し訳ありませんっ」

「無礼はお前だ、ハンス。彼女は立派な淑女だぞ！」

ギルベルトは鋭い口調で侍従を叱った。ハンスと呼ばれた侍従は、びくりとして後ろに下がった。

ギルベルトは素早く立ち上がるとナターリエの前に跪《ひざまず》き、その右手を取った。

「君のおかげで気分がとても良くなったよ、感謝する」

ギルベルトはナターリエの手の甲に恭しく口づけした。柔らかな唇の感触に、ナターリエの心臓が今にも破裂しそうに昂《たかぶ》った。頭に血が急激に上りクラクラする。

ギルベルトはすらりと立ち上がると、侍従に声をかけた。

「では行こう――ご令嬢、失礼する」

ギルベルトは濡れた上着を手に取ると、そのまま踵《きびす》を返した。

「……」

足音が遠ざかる。

ナターリエはしばらく顔を上げることができなかった。

顔の火照りがおさまるのを待って、ゆっくりと立ち上がった。すでにギルベルトの姿はない。

「ギルベルト様……」

口の中で彼の名前をつぶやくと、再び脈動が速まってきた。

その後、ナターリエはますます薬師になるための勉学に励むようになった。

絶対に王家付きの薬師になる、と決意を新たにしていた。

もちろん、それはこれまでの目標でもあったのだが、今は少しだけ違う。

王家付きの薬師になれば、何かの機会に第二王子ギルベルトに御目通《おめどお》りする機会があるに違いない。

想像するだけで、心臓が高鳴ってしまう。

ナターリエのほのかな初恋の種が、小さな胸の中で根を下ろし、少しずつ育っていったのである。

第一章　愉悦王は頭が痛い

その日は、ハイネマン伯爵家の四女マリエッティの結婚式であった。

ハイネマン伯爵家の六人の娘のうち、すでに長女、次女、三女は良い縁に恵まれて嫁いでいた。

今回、四女のマリエッティも社交界で度々催される婚活舞踏会で出会った伯爵家の青年と、晴れて婚姻することとなったのだ。

ナターリエは十二歳になっていた。


「ナターリエ、そろそろ支度しないと結婚式に間に合いませんよ」

母が部屋の外から声をかけてくる。

「はい、お母様、今行きます」

机に向かって、新しい胃腸薬の配合に夢中になっていたナターリエは、慌てて返事をした。薬草や薬鉱石で汚れたエプロンを外し、急いで部屋を出た。

母が顔をしかめる。

「まあなんなの、そのボサボサの髪。それに、手が汚いじゃないの、ちゃんと洗ったの？」

ナターリエは自分の両手をまじまじと見た。指先が赤や緑色に染まっている。薬の調合をしているうちに、いつしか色が染みてしまったのだ。

「お母様、これは薬師にとっては勲章のようなもので――」

「はいはい、わかったから、早く化粧室に行って侍女たちに着替えさせてもらってちょうだい」

母に追い立てられて、急いで化粧室に向かう。廊下で、すでに身支度の終わったすぐ上の姉エルドリッテとすれ違う。彼女はフリルのたくさんついた豪華なベビーピンク色のドレスに身を包み、豊かな金髪をきれいに巻き髪に整え、お姫様のように美しかった。

「あらナターリエ、まだ支度していなかったの？　今日は旦那様の親戚やお知り合いもたくさん招待されているから、きっと素敵な殿方もいらっしゃるわ。気合いをいれなきゃね。どう？　このドレス？」

エルドリッテがその場で優雅にくるりと回って見せた。ふわりと鈴蘭《すずらん》の香水の香りがした。

「素敵だわ、お姉様」

ナターリエは姉を褒めながら、内心、

（鈴蘭は利尿剤として有効だけど、毒性が強くて多量摂取すると心肺停止を引き起こすのよね）

などと、エルドリッテが聞いたら目を剥《む》きそうなことを考えていた。

化粧室で侍女たちから、着慣れないきついコルセットや動きづらいフリルやリボンで飾られたドレスに着替えさせられながら、ナターリエは今考えている新しい胃腸薬の配合について頭をめぐらせていた。

（セロリとフェンネルの実をすり潰したものに、ペパーミントの葉を加えて煎じたらどうかしら。飲みやすくなるかもしれないわ……）

姉たちが伯爵令嬢らしく、着飾ったりオペラ鑑賞に行ったり舞踏会で殿方とダンスを楽しんだりしている間、ナターリエはずっと部屋に籠もって医学書を読《よ》み漁《あさ》り、薬の調合をしたりすることに明け暮れていた。外出するのは、郊外に薬草を摘みに行く時だけだ。

姉たちが末っ子の妹を哀れみの目で見ていることは知っていたが、ナターリエはぜんぜん平気だった。自分の知識が増え技量が上がるのが、楽しくて嬉しくてならない。

十八歳になって国の試験に合格すれば、薬師の免許を取ることができる。そうしたら、王家付きの薬師の考査を受ける資格が与えられるのだ。それに受かれば、ハイネマン女伯爵の称号を父から授けてもらえるに違いない。そして、国王陛下から憧れの濃いグリーンの礼服を授けていただける。

未来の自分を想像するだけで、胸が躍った。

姉のマリエッティの結婚式は、盛大で晴れやかなものだった。ナターリエは心から姉の幸せを祈りながらも、結婚なんて自分には関係ないものだと思っていた。一生を医学に捧《ささ》げると決めていたのだ。

披露宴の会食の席でのことだ。

ナタ－リエは食事をしながら、膝の上にこっそりと医学書を広げて盗み読みしていた。

ふと、周囲の紳士たちの会話から、

「ギルベルト王太子殿下が――」

という声が聞き漏れてきた。

ナタ－リエはハッとして医学書から顔を上げた。

紳士たちは少しお酒が入っていて、口が軽くなっている。

「実は、政府筋の者から聞いたのだが、次期国王陛下にはどうやらギルベルト第二王太子殿下が即位なさるようだ」

事情通らしい口髭《くちひげ》の紳士が秘密めかして言う。先だって、国王陛下は長い病の末に崩御されたのだ。まだ次期国王については公にされていなかった。

「そうなのか。まあこう言ってはなんだが、アーラン第一王太子殿下は凡庸で気の弱いお方だからな。王としての器量は文武両道のギルベルト殿下の方が数段上なのは、周知の事実だし」

「うむ、国王陛下がそう遺言なされたそうだ。次期国王はギルベルト殿下に、と」

「それは英断だ。これでグーテンベルク王国は安泰だな」

耳をそば立てていたナタ－リエは、心臓がドキドキしてくる。

（ギルベルト様が国王陛下に――？　そんなことになったら……！）

いずれ王家付きの薬師になった時、憧れの濃いグリーンの礼装を授けてくれるのはギルベルトなのだ。ずっと憧れてきた人の元で、薬師として仕えることができる。

（ああ、夢みたい！　最高の望みが叶《かな》うんだわ！）

ナターリエの胸は熱い感情ではち切れそうになった。

その翌日。

次期国王には第二王太子ギルベルトが即位することが公に発表されたのである。

当時ギルベルトは弱冠二十歳であったが、即位するや否や、彼はその才を存分に発揮した。

ギルベルトはすぐれた叡智《えいち》と統率力の持ち主で、グーテンベルグ王国はかつてない繁栄を極めたのである。

国王の艶やかな美貌も相まって、民たちはギルベルトを、この世のあらゆる財を手に入れ全ての快楽を知り尽くした『愉悦王』と讃《たた》えた。

そしてナターリエは、王家付きの薬師になるべく日々研鑽《けんさん》し、努力を怠らなかった。

それは、ナターリエが来年には十八歳を迎えるという頃であった。

いつものように、自分の部屋で研究と勉強に打ち込んでいたナターリエを、両親が改まった話があると居間に呼び出した。

きっと、来年初頭に行われる王家付きの薬師の考査の件についてに違いない。これまでの勉強の成果から、考査に受かる自信はあった。

ナターリエは足取りも軽く、居間に赴いた。

「入ります、お父様お母様」

ノックして扉を開けると、ソファに両親とすぐ上の姉のエルドリッテがなにやら深刻そうな顔で座っている。

「お父様、お話ってなんですか？」

ナターリエは彼らと向かいのソファに腰を下ろした。

父がおもむろに切り出した。

「うむ、実はこの度エルドリッテがさる伯爵殿に見初められ、婚約する運びとなったのだ」

ナターリエは顔を綻ばす。

「まあ、おめでとう、お姉様！」

「ありがとう、ナターリエ」

エルドリッテはなぜか視線を背けて答えた。

父は咳払《せきばら》いを一つすると、話を続ける。

「こほん、それが、お相手は王家付きの薬師の資格を持ったお方なのだよ。それでだな——お前に折り入って相談があるんだ」

「え？　なんですか？」

ナターリエは父が何を言いたいのか理解できない。

父は気まずそうに続けた。

「お相手は伯爵家の三男坊ということで、エルドリッテと結婚したら、このハイネマン家に婿養子に入ってよいとおっしゃるのだよ。つまり後を継いでくれると。私は彼に家督を譲ろうと思うのだ――」

「え……それって……？」

ナターリエは嫌な予感がした。

父はもじもじしながら、隣に座った母に救いを求めるような視線を投げた。母は少し身を乗り出し、やんわりと言う。

「つまりね、ナターリエ。あなたはもう薬師になって王家付きの薬師の資格を目指す必要はないのよ。お姉様方のように、素敵な殿方を見つけて、お嫁に行きなさい。伯爵家の娘として幸せな結婚をするの」

「！　――」

ナターリエは後頭部を鈍器で殴られたような衝撃を受けた。じわじわと、屈辱と怒りがお腹《なか》の底から込み上げてきた。膝の上に置いた両手が小刻みに震えてくる。

声を振り絞る。

「私……小さい頃からずっと、王家付きの薬師になって、この家を継ぐことを目標に頑張ってきたのに……」

「今まですまないね、女の子のお前につらい立場を押し付けてしまって。だがね、もう頑張らなくてもよいのだよ」

父が猫撫《ねこな》で声《ごえ》を出した。

「もう頑張らなくていいなんて……そんな、ひどい……！」

何年も積み上げてきた努力を無駄にされ、ナターリエは鼻の奥がつーんとしてくる。涙が溢《あふ》れそうだ。

姉のエルドリッテが口を挟んだ。

「あのね、伯爵様は独身の紳士のお友だちがたくさんいらっしゃるのよ、だから、あなたにふさわしい、素敵な殿方を紹介してもらえるわ」

「素敵な殿方なんていらない……！」

ナターリエはキッとして声を荒らげた。

ずっとギルベルトに会いたくて、恋する彼のために王家付きの薬師になろうと、必死で努力してきたのに。好きでもない男性と結婚なんかしたくない。

ナターリエは目の縁に滲《にじ》んだ涙を指でさっと拭った。

そしてきっぱりと言った。

「私、十八歳になったら薬師の免許を取得して、この家を出ます。これまで積み上げてきた知識を生かして、領地内の村々を回って治療する薬師として、生きますから！」

両親も姉も唖然《あぜん》としている。

母が声を裏返す。

「馬鹿なことを言わないで！　年頃の娘なのに、職業婦人として生きるなんて許しませんよ！」

すると父が取りなすように言った。

「まあ待てマリアナ――この子にはつらい結果になってしまった。ナターリエがこれまでどんなに頑張ってきたか、私も痛いほどわかっている。すべて父である私の責任だ。我が領地は治安も良く民たちも情が厚い。ナターリエの希望を叶えてやろうではないか」

「でも、あなた――」

「ひとりくらい、こういう生き方をする娘がいてもいいだろう。ナターリエの望み通りにしてやろう」

父にそう言われると、さすがに母もそれ以上は強く言えないようだった。

「しかたないですわね――」

母はしぶしぶ承諾した。

ナターリエはホッとした。望まない結婚を押し付けられるより、大好きな薬草の研究を続けながら薬師として生きていく方がずっとましだった。

かくして――。

十八歳の誕生日を迎えると、ナターリエはすぐさま薬師の免許の試験を受け、見事一発で合格した。

そして、ハイネマン伯爵家の領地内にある郊外の村カロッテに小さな家を建ててもらい、そこを診療所とし薬師として暮らすことになったのである。

「お嬢様先生、おはようございます」

「おはよう、ウィリーさん。お腹の具合はどうかしら？」

「おかげさまで、だいぶ調子がよくなり、食欲も戻りました」

「それはよかったわ。お薬はあと三日は飲み続けてね」

「おはようございます、お嬢様先生」

「おはようハンナさん、赤ちゃんのアタマジラミは退治できた？」

「はい、先生のお薬でもうすっかりきれいになりました」

「そう。念の為この虫除《むしよ》けのラベンダーの香料をもう少しお持ちなさいな」

ハイネマンの屋敷を出たナターリエは、午前中はカロッテ村を往診し、具合の悪い人々の治療に当たった。彼女の診断は的確で、調合する薬は効き目が抜群であった。午後は、診療所で患者が来るのを待ちながら、医学書を読んだり薬の研究に没頭した。

村人たちはナターリエのことを「お嬢様先生」と呼んで慕った。

ナターリエはそれなりに充足した日々を送っていた。

そして、十九歳の春が訪れようとしていた。


いつもように往診に向かう道すがら、野菜を乗せた荷車を押して市場に向かう村人たちとすれ違った。互いに軽く会釈をして、通り過ぎる。

「国王陛下のお妃候補《きさき》に、隣国の王女様が選ばれたそうだよ」

「へえ、もう何人目のお姫様だい？　どの姫も陛下のお眼鏡にかなわなかったみたいだが」

「陛下も、なかなか意中の女性が現れないようだね」

「意外に気難しいお方と言われているからねぇ」

村人たちの会話に、ナターリエはぎくりとして足を止めた。

国王ギルベルトは齢《よわい》二十七の男盛りだ。まだ独身のため、お妃候補として国内外から大勢の身分の高い令嬢が招かれていると、風の噂《うわさ》では聞いていた。

「ギルベルト様……」

ナターリエは小川の橋の上で立ち止まり、水面を見下ろした。

泣きそうな自分の顔が映っている。

今やグーテンベルグ王国は絶頂期、美と富の象徴の愉悦王として君臨しているギルベルトである。

お妃候補には、身分も美も財も兼ね備えた女性が星の数ほど挙がっているだろう。

王家付きの薬師になる夢が潰《つい》えたナターリエが、ギルベルトに再会する機会などない。

「一度だけでも、陛下になったギルベルト様にお会いしたかったな……」

ナターリエは深呼吸した。

「いいの、私は村の薬師として生きて、ギルベルト様の幸せをここから祈っているだけで幸せだわ。さあ、元気を出さなきゃ」

そう自分に言い聞かせ、再び歩き出した。

事態が急転したのはその三日後であった。

昼過ぎ、突然診療所の扉がけたたましくノックされた。

「ここに、ナターリエ・ハイネマン伯爵令嬢はおられますか？」

奥の部屋で薬の調合をしていたナターリエは、慌てて戸口に向かった。

「急患ですか？」

急いで扉を開くと、そこには金ピカのお仕着せを身に纏った男が立っていた。王家の紋章入りの帽子を被っている。王家からの使者だ。使者は丸めた書類を開くと、朗々《ろうろう》と読み上げた。

「王命により、貴女《あなた》に一週間以内に登城することを命ず」

ナターリエは目を丸くする。

「王城に？　私が、ですか？　なぜ？」

使者は書類を丸めながら、少し小声で答えた。

「国王陛下におかれてましては、恒常的に酷《ひど》い頭痛に悩まれておられます。陛下は国中の薬師を呼んで、治療にあたらせましたが、一向に改善いたしませんでした。貴女の作る薬は極めて効き目が良いと評判だと聞き及び、陛下の治療にあたるようにとのご命令です」

「ギルベルト――陛下が、私を……？」

思いもしなかった事態に呆然《ぼうぜん》としてしまう。

おそらく、ギルベルトは数多《あまた》の名医を呼んだのであろう。だが、病状が改善しないために、ついにこんな末端の薬師にまで声がかかったのだ。

だが理由はどうでもいい。

ギルベルトが苦しんでいるのなら、全力で治療して上げたい。

思えば最初の出会いの時も、彼は頭痛に苦しんでいた。あの頃からずっと、頭痛に悩まされていたのか。この世の財や快楽をすべて手に入れたと謳《うた》われるギルベルトなのに――。

ナターリエはキッと顔を上げた。

「承知しました。一週間以内に、必ず登城いたします」

その日から、ナターリエは必死で頭痛に効く薬の調合に取り組んだ。

国中の名医を呼び集めても、回復しなかったという。これまでの薬は効果がなかったということだ。

「なにか、特効薬はないかしら……」

ナターリエは蔵書の医学書と首っぴきで、新薬の手がかりはないかと模索した。

代々王家付きの薬師だったハイネマン家には、今は使われていない古い薬の調合が記された医学書も多数あった。その写しも家を出る時に持参してきていた。ナターリエは古文書まですべて隅々まで読み漁った。そして、夜を日に継いで、必死で薬の精製を行った。

一週間後の早朝。

「できたわ……新しいお薬が」

今の自分の持てる知識と能力をすべて注ぎ込んだ薬が完成した。

ナターリエは取るものもとりあえず、辻馬車《つじばしゃ》を呼んで勇躍して王城に向かったのである。


「お前が陛下に呼ばれた薬師だと？　小娘じゃないか。そんなみすぼらしい身なりで、信じられるか？」

王城の門番は、着た切りスズメで駆けつけた飾り気のないナターリエを、頭から不審者扱いした。

「お願いです、一刻も早く陛下にお目通りをお願いします！」

門前で押し問答していると、一人の男が現れて鋭く言った。

「待て！　その人は確かに、陛下の呼んだ薬師だ。中に入れよ！」

「はっ、一等書記官様！」

門番は慌ててナターリエから離れた。

一等書記官はナターリエに近寄ると、胸に右手を当てて一礼した。

「ご無礼しました。どうぞ、ご案内いたします」

ナターリエはほっとした。

「助かりました」

一等書記官がニコリとした。

「お久しぶりです、ハイネマン伯爵令嬢。覚えておられますか？　ハンスです。確か、前陛下の式典の日に、城の庭の噴水の辺りでお会いしましたよね」

ナターリエはあっと気がついた。あの時、ギルベルトを呼びに来た若い従者だ。一等書記官といえば、陛下付きの位だ。ずいぶんと出世したものだ。

「あの時の――お久しぶりです」

顔馴染《かおなじ》みがいることで、少し気持ちが大きくなった。

「陛下がお待ちかねです、さあ行きましょう」

ハンスに導かれ、王城に入る。

かつて祝典の時に呼ばれて以来だ。あの頃から改築や増築を繰り返したらしく、記憶にあるよりもさらに荘厳で豪華な造りになっていた。

「まあ……！」

ナターリエは圧倒されて思わず声が出た。

玄関ホールはそこだけで舞踏会でも開けそうに広く、大理石の床はピカピカに磨き上げられ、壁一面に彫刻が施されてある。天井は吹き抜けになっていて、天窓には精緻なステンドグラスが嵌《は》め込まれ無数の眩《まばゆ》いクリスタルのシャンデリアが吊されている。中央階段には一面、高価な舶来の毛織りの絨毯《じゅうたん》が敷き詰められていた。

「陛下の謁見室は、二階でございます」

ハンスが中央階段に導こうとした時、

「なんじゃ、また得体の知れぬ薬師を呼んだのか」

階段の上からがらがらした声が聞こえてきた。

踊り場に濃い緑の制服を来た初老の男が立っていた。片眼鏡《かためがね》を着け長い顎髭《あごひげ》を生やし、目つきは鋭い。その横に、未亡人の印である濃い紫のドレスに身を包んだ貫禄《かんろく》のある婦人が立っている。更にその横には、神官の服装をした若い男性がたたずんでいた。痩せぎすで少し気の弱そうな感じだ。彼らの背後には、侍女がずらりと控えていた。

「これは、王太后殿下、エンデル薬師長官殿、それにアーラン神官様」

ハンスが素早く頭を下げた。薬師長官は、王家付きの薬師の中でも最高位にあたる地位だ。その上に王太后の登場と、ナターリエは恐縮して慌てて頭を下げる。

エンデル薬師長官はゆっくりと階段を降り、ナターリエの前にふんぞり返って立った。

「陛下のご体調を管理するのは、我ら王家付き薬師の勤め。陛下の頭痛は必ず我らが治してご覧に入れる。そのような小娘、即刻帰すがよい」

居丈高な物言いに、ナターリエは頭に血が上った。

キッと顔を上げる。

「恐れながら、未《いま》だに陛下の頭痛が改善されないからこそ、私のような小娘までが呼ばれたのではありませんか？」

「な――!?」

言い返されるとは思わなかったのか、エンデル薬師長官は絶句した。ハンスが素早く口を挟んだ。

「エンデル薬師長官様、彼女はハイネマン伯爵家のご令嬢で、王家付きの薬師である父上からの薫陶を受け、腕の良い薬師であられます」

「ほお、薬師の娘とな――」

エンデル薬師長官がジロリとナターリエを睨《にら》んだ。

すると、踊り場から王太后が重々しく声をかけてきた。

「薬師長官、かまわぬではないか？　そのような小娘にすら頼るとは、ギルベルト陛下もよほど打つ手がないとみえるわ」

王太后の口調は皮肉めいていた。ギルベルトは側室の息子で、正妃だった王太后とは血の繋《つな》がりがない。そのせいか他人事のようだ。

「はっ、王太后殿下」

エンデル薬師長官は口の端を持ち上げていやらしく笑う。

「よかろう。では私もその場に立ち会おう。陛下が口になさるものは、私が厳重に調べる。万が一毒でも盛られたら、一大事じゃからな」

「わかりました。お願いします」

ナターリエは一刻も早くギルベルトと対面したかったので、屈辱に耐えて答え、頭を下げた。

王太后は隣の若い神官に猫撫で声で言う。

「アーラン、妾《わらわ》の部屋で母子水入らずで話でもしようぞ」

「はい、母上」

アーランと呼ばれた神官が、小声で答えた。では、あの人が元第一王太子アーランなのだ。ギルベルトの腹違いの兄にあたる人で、今は王家を離脱して神殿に務めているという。

「ではエンデル薬師長官、後ほど、妾に報告に来るがいい。行くぞ、アーラン」

王太后はそう言い置くと、くるりと踵を返した。アーラン神官が慌ててその後を追う。侍女たちもそれに続き、全員が階段を上って姿を消した。

その後、ハンスに誘導され謁見室まで辿《たど》り着く。背後にエンデル薬師長官がぴたりと付いてくる。

宝石を埋め込んだ円柱に囲まれた廊下の奥に、重厚な両開きの扉が見えた。扉の前では屈強な近衛兵《このえへい》が槍《やり》を構え、左右に立っている。ハンスが近づいて扉越しに声をかけた。

「陛下、ハイネマン伯爵令嬢が参りました」

「入れ！」

即座に扉の向こうから声がかかった。低い響きの良いコントラバスの声だ。だが、ひどく苛立《いらだ》った口調だ。

近衛兵たちが左右から扉を開いた。

ハンスが先に立ち、頭を低くして入っていく。そして、肩越しにナターリエに声をかけた。

「ご令嬢、どうぞ」

ナターリエは頭を下げ、おずおずと部屋の中に足を踏み入れた。

心臓がドキドキ高鳴る。

十二年ぶりの再会である。

「もっと近くへ来い」

「は、はい」

頭を下げたまま、足元の赤い絨毯を頼りに声のした方へ向かっていく。絨毯が終わるところが玉座の前にあたる。そのまま跪いた。緊張と興奮で足が震えている。

「儀礼など無用。顔を上げよ」

艶のある声に、そっと頭をもたげた。

階の上の宝石に縁取られどっしりとした玉座の上に、ギルベルトが腰を据えてこちらを見下ろしていた。思わず息を呑《の》んでしまう。

立ち襟に金モールの肩章のついた濃紺の軍礼装、腰に純白のサッシュをキリリと巻いた姿は、王者の威厳に満ちていた。サラサラした金髪に鋭い青い双眸《そうぼう》、高い鼻筋と形の良い唇、ゾクゾクするほど整った美貌だが、眉間に深い皺《しわ》が刻まれていた。痛みに耐えている表情だ。

ギルベルトは射るような眼差《まなざ》しでナターリエを凝視している。心臓が高鳴るが、同時に圧倒的な彼の威厳に背筋に冷や汗が流れた。

侍従のハンスは覚えてくれていたが、大国を治めるギルベルトは、きっとナターリエとの一瞬の邂《かい》逅《こう》など忘れてしまっているだろう。懐かしさとせつなさに胸がきゅっと締め付けられた。

ギルベルトは不機嫌そうに言う。

「頭が割れそうに痛い。薬師、治せ」

「は、はい」

ナターリエは本来の自分の役割を思い出し、斜め掛けにしていた革の鞄《かばん》から薬箱を出す。そこから、薬包を取り出した。両手で玉座に向かって差し出す。

「このお薬をお飲み下さい――」

「お待ち下さい、陛下」

やにわに背後から、エンデル薬師長官が声をかけてきた。

ギルベルトがそちらに顔を振り向ける。彼は五月蝿《うるさ》そうに言う。

「なんだ？　長官、お前もいたのか」

「恐れながら、小娘の作った得体の知れぬ薬でございます。まずは私に調べさせてください」

エンデル薬師長官はずかずかと進み出て、ナターリエの手から薬包を奪い取った。

「あ――」

エンデル薬師長官は薬包を開き、中の粉薬をまじまじと見る。

「なんだこの粉薬は？　毒々しい紫色をしているぞ。嗅いだこともない怪しい匂いもする」

「それは、あの……よろしいでしょうか？」

ナターリエは思わず救いを求めるようにギルベルトの方を見遣《みや》った。するとギルベルトは寛容にうなずいた。

「薬師、説明せよ」

ナターリエはごくりと生唾を飲み込むと、切り出した。

「古代の医学書によりますと、東洋のゴシュユという薬木に成る実の種が、偏頭痛に効果的とありました。それで――」

「そんな古臭い医学書など役に立たぬ。ゴシュユなどという薬木は、もはや大陸には現存せぬわ」

すかさずエンデル薬師長官が遮る。その高圧的な物言いに、ナターリエは震え上がってしまう。だが、勇気を振り絞った。

「ですが、この地の高山には、それによく似た高山茱萸《ぐみ》という植物がございます。人の足ではそこに辿《たど》り着くことは困難を極めますが、ヤマメジロという鳥がその実を好みます。ですから、ヤマメジロの住み処の低木を探し当て、その糞《ふん》を集めまして、糞から種を選別し乾燥させ、薬研にて細かく擦《す》り潰し粉薬にいたしました」

「貴様！　陛下に鳥の糞を飲ませるというのか！」

エンデル薬師長官が怒声を浴びせた。ナターリエはびくりと肩を竦《すく》め、消え入りそうな声で言う。

「糞ではなく、そこから取り出した種を――」

「同じことだ、無礼者！」

居丈高に怒鳴られ、ナターリエは声を失う。

「待て！　長官」

ふいにギルベルトが鋭く口を挟んだ。エンデル薬師長官がハッと口を閉じる。

ギルベルトは玉座の腕置きに頬杖《ほおづえ》を付き、長い足を組んだ。そしてナターリエを凝視した。ゆったりとした姿勢にも品格が感じられる。彼が地を這《は》うような恐ろしげな声を出した。

「もしその薬が効かねば、お前を不敬罪で厳罰に処す」

ナターリエは心底震え上がったが、もとより命懸けでここまで来たのだ。

「かまいません。どうか、お試しください」

真情を込めて答えた。

ギルベルトはうなずいた。

エンデル薬師長官は、

「まあ責任を取ると言うのならば、よろしいでしょう」

とにんまりして、薬包を恭しくギルベルトに差し出した。ギルベルトはそれを受け取ると、ハンスに向かって声をかける。

「ハンス。水を持て」

「はっ」

ハンスがテーブルの上の水差しから金の杯に水を注ぎ、素早く玉座に近づき差し出した。

「陛下、その薬はとても苦いので、素早くお飲み下さい」

ナターリエが助言する。ギルベルトは杯を受け取ると、薬包を二つ折りにし、仰向《あおむ》いて口に注ぎ込もうとして、咳《せ》き込んだ。

「ぐ――これは、凄《すさ》まじく苦いぞ、飲めたものではない」

その表情が少年じみていて、ナターリエは場違いにも可愛《かわい》らしい、と胸がきゅんとなった。

「お飲みになれないのであれば、致し方ありませぬな」

エンデル薬師長官が、勝ち誇ったような笑いを口元に浮かべた。

するとギルベルトがナターリエに視線を据えて言う。

「苦いとわかっていると言うことは、お前は口にしたのだな？」

「は、はい。自分の身体で何度も治験しましたから」

するとギルベルトは手にしてた薬包を差し出し、高飛車に言った。

「では、俺に飲ませろ。口移しで」

「えっ？」

「お前から飲ませてくれ」

「――」

まさかそんなことになろうとは。身体が硬直してしまう。

「そ、そんなご無礼な……」

「治療の一環だろう。さあ！」

強く言い募られ、弾かれたように立ち上がった。そろそろと階を上り、ギルベルトから薬包と金の杯を受け取る。躊躇《ちゅうちょ》していると、

「さあ早くしろ」

ギルベルトは目を閉じると顎を引いてこちらに顔を向けた。

「は、い……」

ナターリエはままよと腹を括《くく》り、薬包を二つ折りにして自分の口に放り込み、すぐに水を含んだ。薬の苦味には慣れているのでそのまま、おずおずとギルベルトに顔を寄せる。

近くで見るギルベルトは彫像のような整った美貌で、視線が吸い寄せられる。閉じた瞼《まぶた》の長い睫毛《まつげ》が白皙の顔に陰影を落とし、ぞくぞくするほど美麗だ。心臓が破裂しそうなほどばくばく音を立てる。

医者の処方だとしても、ナターリエにとっては生まれて初めての異性との口づけになる。

意を決して、そっと唇を重ねた。柔らかな唇の感触に、全身が甘く痺《しび》れてしまう。

すかさずギルベルトが口を開いた。ナターリエは徐々に口の中の薬をギルベルトの口腔《こうこう》に注ぎ込ん

だ。ごくりとギルベルトの喉仏が動き、薬を嚥下《えんげ》した。

すべてを飲ませ終わり、口を離そうとした瞬間、ぬるりとギルベルトの舌がナタ―リエの唇を舐《な》めてきた。

「っ……？」

驚いて身を引く。動揺していたが、必死で落ち着いた声を出そうと努めた。素早く階を下り、玉座の下で跪く。

「そ、即効性ですので、五分ほどで効き目があるかと――」

「む――」

ギルベルトは眉間に皺を寄せたまま、顔を顰《しか》めて無言になる。

ナタ―リエもエンデル薬師長官もハンスも、息を詰めてギルベルトの反応を窺《うかが》った。

それはナタ―リエの人生において、最も長い五分間だったかも知れない。

やがて――。

ギルベルトがゆっくりと表情を崩した。

眉間の皺が消え、彼はかすかに微笑を浮かべた。

「これはすごい。ぴたりと頭痛が治まったぞ」

「ああ……よかったです！」

安堵《あんど》してナターリエの全身から力が抜けた。

ハンスがほっと大きく息を吐く。

エンデル薬師長官が不満そうに言う。

「ほんとうに効果がございましたのですか？」

ギルベルトが晴々とした顔で答えた。

「素晴らしい効き目だ。お前たち王家付きの薬師たちが何十人も束になっても、この娘の薬の効果にはかなわぬな」

エンデル薬師長官の顔色が屈辱で青ざめた。が、彼は無言で頭を下げた。

ギルベルトはナターリエに顔を振り向けた。頭痛が消えたせいだろうか、彼はひどく上機嫌そうだった。

「薬師の娘よ。お前の薬はこれからも必要だ。よって、お前を俺付きの薬師に命ずる」

「えっ？」

「なんですと？」

ナターリエとエンデル薬師長官が同時に声を上げてしまう。

ギルベルトは笑みを浮かべたまま、威厳ある態度で繰り返した。

「ナターリエ・ハイネマン伯爵令嬢、貴女を今日から国王付きの薬師として重用する。直ちに、王城に住まいを与えよう」

「しょ、承知いたしました」

ナターリエは慌てて一礼する。王命は絶対である。

エンデル薬師長官が顔を真っ赤にしてがなりたてた。

「陛下っ、このような実績もない小娘をお側《そば》付きにするなど、もってのほかです！　この者は正式な王家付きの薬師の査定も受けておりませんぞ！」

「黙れ、長官！　俺に意見するか⁉」

ギルベルトが一喝した。王者の風格に満ちた威厳のある声に、エンデル薬師長官はびくりと身を竦め、その場に平伏した。彼の両手が小刻みに震えている。

「お、お許し下さい――陛下の御身を案じてのことでございます」

ギルベルトはエンデル薬師長官には一瞥《いちべつ》もくれず、ハンスに指示した。

「ハンス、この娘に臨時の部屋を用意せよ。俺の部屋の近くがいい。三階の奥に、使われていない侍従部屋があったな。そこがいいだろう。追って、正式な部屋を与えるので、それまではそこに住め」

ナターリエは驚いて思わず顔を上げてしまう。

「あ、あのっ、今日からお城に住み込むのですかっ？」

ギルベルトは当然とばかりにうなずく。

「今日からお前は俺付きの薬師になったのだからな」

「で、でも、私はこの鞄ひとつで登城しました。身の回りのものがなにもなくて――」

「すぐにお前の家に人をやって、家の荷物を運ばせよう」

「そういうことではありません。私は、カロッテ村で薬師をしておりました。治療中の患者さんたちもおります。放り出すわけにはいきません」

ギルベルトの目が不機嫌そうに細められた。

「お前は、俺に重用されるのが不満だというのか？」

「い、いえ、決して……」

それどころか、内心は舞い上がっていた。ひと目再会できれば幸せだと思っていたのに、よもやギルベルトの側に仕えることになるなんて、天にも昇る心地だった。だが、村の薬師としての責任もある。

「村には私の他に薬師はおりません。今抱えている患者さんたちにはきちんと事後処理をしておきたいのです。せめて、三日、猶予をくださいませんか？」

気持ちを込めて訴える。

ギルベルトはじっとこちらを凝視した。その鋭い眼差しに、脈動が速まる。王命に逆らうようなことを言って、顰蹙《ひんしゅく》を買ってしまったかもしれない。

「お前は――優しいのだな」

ギルベルトがぼそりとつぶやいた。意外にも穏やかな声色だった。だが、ホッとしたのも束《つか》の間《ま》、彼は這いつくばっているエンデル薬師長官に居丈高に命じた。

「長官、今すぐ薬師を一人カロッテ村の訪問治療役につかせろ。その薬師に、娘の患者を全部引き継がせるのだ。一人の漏れもなくな。わかったな、すぐに行け」

エンデル薬師長官は愕然《がくぜん》としたような顔をしたが、感情を抑えた声で答えた。

「かしこまりました――」

そのままエンデル薬師長官が退出すると、

「では、私はすぐに、ご令嬢の家の荷物を城へ運ばせるように手配いたします」

ハンスも素早く部屋を出て行った。

二人きりになってしまい、ナタ一リエはいたたまれない空気に戸惑う。もじもじしながらうつむいていると、ギルベルトが立ち上がり、ゆっくりと階を下りてきた。そのまま、ナターリエの前に膝をついた。彼が身に纏うシトラス系の香水の匂いが鼻腔《びこう》を満たし、目の前がクラクラしてくる。

「あ……?」

ギルベルトの手入れの行き届いた長い指が、そっとナターリエの顎を持ち上げた。

「っ……」

まともに視線が合ってしまう。吸い込まれそうな瞳の色に視線がそらせず、動悸《どうき》がますます激しくなった。

ギルベルトが艶《つや》めいた声で話しかける。

「お前の薬は効果抜群だった。国中探しても、これほど俺に相性のよい薬師はいまい。俺の健康管理は、今後いっさい、お前に任せる。わかったな」

確かに、心を込めて調合した薬が効いたことは、至上の喜びだった。だが、こんな片田舎の一介の薬師に、これほどの信頼をおいていいのだろうか。一国の王の健康を担うという重責がずしりと肩にのしかかってくるようだ。

でも――密《ひそ》かに憧れていた人に再会し、ほのかな恋心に火が点《つ》いて熱く燃え上がる。彼のためなら、この身を捧げてもかまわない。そう強く思った。

「は、はい……」

「よし」

ギルベルトはうなずくと、おもむろに舌先で唇を舐めて少し顔を顰めた。そこに薬の味が残っていたのだろう。

「お前の薬はひどく苦かった」

そんな何気ない仕草にも、溢れるばかりの艶がある。ナターリエは呼吸もまばたきも忘れて、ギルベルトの表情に見入っていた。

「も、申し訳ありません――次は糖衣の丸薬にしてみます」

「俺は丸薬は苦手で呑めぬ」

色気がだだ漏れの美形なのに、まるで子どもみたいなことを言う。粉薬も丸薬もダメだなんて、どうすればいいのだろう。ナタ一リエが返答に困っていると、ギルベルトが口の端を持ち上げてニヤリとする。

「だが、お前の唇はとても甘かったぞ」

「え？」

「この唇から与えられる薬なら、どんな劇薬でも良薬に変わりそうだ」

「え、え……？　な、なにをおっしゃいますか？」

思いもかけないことを言われ、しどろもどろになってしまう。

ギルベルトの彫りの深い美貌が、息がかかるほどの距離に接近してきた。男の色気と熱い息遣いに、ナタ一リエは身体が石化したみたいに動けなかった。

「っ……」

唇が重なる。

「んっ……」

しっとりとした唇の感触に、全身がじんと甘く痺れた。だが、次の瞬間我に返り、きつく目を瞑《つぶ》って顔を背けようとした。しかし、ギルベルトの美麗な顔が追いかけてきて、再び唇を塞がれる。

「……んん……ふっ、ぁ……ふぁ……ぁ」

「苦い薬の味も、お前の口の中で蕩《とろ》けるように甘くなる」

ギルベルトは低い声でささやき、撫《な》でるような口づけを繰り返す。

身を強張《こわば》らせたナターリエは、息継ぎも忘れ、ただギルベルトのなすがままになっていた。

ギルベルトの濡れた舌が、ぬるぬるとナターリエの口唇を舐める。擽《くすぐ》ったいような心地よいような感覚に、ナターリエの硬直した身体から次第に力が抜けていく。

「く、んふぅ……」

膝から力が抜けて、その場に倒れそうだ。するとと、さっとギルベルトの右手が髪の中に潜り込み、後頭部をがっちりと支えた。ナターリエの頭を覆ってしまいそうな、男らしい強い大きな手だ。

ギルベルトの舌先が、ナターリエの唇を割り開いた。そのままぬるりと分厚く柔らかな舌が、口腔に侵入してきた。

「んんっっ、う……ぅ」

そんなことをされるなんて想像もしていなかったナターリエは、驚きに目を見開いた。ギルベルトの舌は唇の裏を舐め、歯列を辿り、口蓋を探り、さらに奥へ押し入ってくる。怯《おび》えて縮こまっていたナターリエの舌が搦《から》め捕られ、思い切り強く吸い上げられた。

「んんぅっ――っ」

刹那、未知の甘い痺れが背筋から下肢に向けて走り抜けた。くちゅくちゅと舌が触れ合う猥りがましい音が、耳奥で響いた。

ギルベルトは執拗《しつよう》に舌を絡ませては、丹念にナターリエの口中を味わった。舌が吸い上げられるたびに、生まれて初めて知る官能の悦《よろこ》びが全身を駆け巡る。

「……んゃ……や、ふ、ふぁ、く、は……あ」

こんな獰猛《どうもう》な口づけがあるなんて、知らなかった。くるおしく甘やかな感覚に、身体の芯のどこかが疼《うず》き、なぜか下腹部の奥がざわついてくる。

「は……ぁ、あ……ん……」

必死に我慢しようと思うのに、はしたない鼻声が止められない。

息も魂まで奪い取るような情熱的な口づけに、頭の中が快楽で朦朧《もうろう》し、もう何も考えられなかった。

ギルベルトは思うさまにたっぷりと、ナターリエの舌を蹂躙《じゅうりん》し味わい尽くした。

ようやく唇が解放された時には、ナターリエはぐったりとギルベルトの胸にもたれこんでいた。

「は、はぁ……はっ、あ……ぁ……」

ギルベルトはナターリエの身体を抱きしめ、火照った額や頬《ほお》、涙の滲んだ目尻に口づけを繰り返す。

それから彼は、耳元で甘く艶めいた声でささやいた。

「これからも、薬は口移しで呑ませてくれ」

その声の響きにすら、甘く感じ入ってしまう。思わず答えていた。

「は……い」

「ふ——よし」

ギルベルトは濡れたナターリエの唇を、親指でつつーっとなぞり、ニヤリとする。落ち着き払った笑みは、王者の風格そのものだ
と、背後で扉がノックされた。外からハンスが声をかけてきた。

「陛下、ご令嬢のお部屋の用意ができました」

「わかった」

ギルベルトはおもむろに立ち上がった。

「晩餐《ばんさん》まで、部屋で休むといい。夕刻までには、お前の家の荷物は城に運び込まれよう。侍女をつけるので、その者たち命じて片付けさせるといい」

「じ、侍女ですか？　そ、そんな破格の待遇を——」

ナターリエは目を丸くする。ギルベルトが当然とばかりにうなずく。

「お前は国王直属の薬師なのだぞ。いわば、王家付きの薬師の中でも、最上位に値する。ならば最上級の扱いをするのは当然だ」

「さ、最上位……？」

ピンとこない。

だって、登城するまで田舎の一介の薬師に過ぎなかったのに。これほどまでに待遇を良くしてくれるなんて、それほど頭痛が辛かったということだろうか。

ギルベルトは踵を返そうとして、肩越しに振り返った。

「晩餐は共にしろ。俺の栄養状態の管理も必要だ。それと、就寝前に例の頭痛止めの薬を用意して、俺の寝室に持ってこい。わかったな」

「――」

四六時中、ギルベルトの側に仕えろということなのか。そんな――夢みたいなこと。ぼうっとしていると、ギルベルトが少し苛立たしげに繰り返した。

「わかったな？」

ナターリエは慌てて居住まいを正し、一礼した。

「しょ、承知しました」

「よし」

ギルベルトはそのまま退出していった。彼と入れ替わりに、ハンスが入ってくる。彼は恭しい態度で言った。

「ご令嬢、お部屋にご案内します」

「はい――」

ナターリエはまだ夢見心地だった。

ハンスに手を取られ、部屋を出た。ハンスは中央階段で三階へ上り、長い廊下のつきあたりの部屋まで誘う。扉の前に、お仕着せに身を包んだ数名の侍女たちが並んで待ち受けていた。

ハンスがにこやかに告げる。

「その奥が、ご令嬢のお部屋になります。必要なものはできる限り準備させました。のちほど、ご令嬢の私物が届きますので、この侍女たちに命じて、お好きなように模様替えしてください」

「あ、ありがとうございます」

これまで一人暮らしで慎《つつ》ましく暮らしていたナターリエには、信じられない高待遇である。

ハンスが去ると、一番前にいた三十歳くらいの侍女が礼儀正しく声をかけてきた。

「ハイネマン伯爵令嬢様　私どもは今日からあなた様付きに配属されました。私は侍女頭のミッケでございます。さあ、お部屋の中へどうぞ」

ミッケに促され、部屋の中に足を踏み入れる。

「わ、あ……すごい……」

広々として南向きの明るい部屋で、高い飾り窓が幾つもあり風通しもよい。豪華な調度品の置かれた居間、寝室にはどっしりとした天蓋付きのベッド、洗面所も浴室も完備されている。なにより驚いたのは、クローゼットにはぎっしりと女性用のドレスや下着類まで用意されてあったことだ。今まで薬の研究に熱中していて、ほとんど着飾ることをしてこなかったので、唖然としてしまう。

にわかに準備された部屋とはとても思えなかった。

ミッケが控えめに声をかけてくる。

「私どもはお嬢様の身の回りのお世話もいたしますので、髪型や服装にご希望がありましたら、なんなりとお申し付けくださいませ」

「わ、わかりました……」

「居間にお茶とお菓子をご用意させましたので、とりあえずはお寛《くつろ》ぎくださいませ。私どもは、別室に控えておりますので、そこの紐《ひも》を引けば呼び鈴が鳴ります。ご用向きがあれば、遠慮なく呼んでくださいませ。では――」

ミッケは一礼すると、他の侍女たちを率いて退出した。彼女たちだって、急にナタ―リエ付きに任命されたに違いないのに、少しも戸惑うことなくきびきびと振る舞っていた。さすがに王家に勤める一流の侍女は違うと感心する。

「はあ……」

一人になると、へなへなとソファの上に座り込んでしまう。

あまりに目まぐるしく環境が変わってしまって、気持ちがぜんぜん追いつかない。

いきなり、国王直属の薬師に任命されたのだ。

自分の薬の効果が認められたことは嬉しく誇らしくもあるが、ギルベルトの健康を一手に任されたという責任感がずっしりと背中にのしかかってくる。

(私にできるだろうか……)

しばらく頭を抱えていたが、深呼吸してキッと顔を上げた。

「とにかく、薬師としての務めを立派に果たさなきゃ」

持ってきた鞄を開く。

中には、常に持ち歩いている医療道具やエプロン、薬の調合をする簡易道具が入っている。

家の荷物が届くまで、これらでまずギルベルトのための頭痛薬を新たに調合しよう。

ナターリエはお茶やお菓子には見向きもせず、テーブルの上に道具を並べると、集中して薬の配合に取り掛かった。

だが時折、ギルベルトの熱烈な口づけの感覚がふっと頭に上ってきて、試験管を持つ手が止まってしまう。生まれて初めての口づけが、医学的行為だったのは少し残念だったけれど、相手が心を寄せているギルベルトだったことはなんと幸運だったろう。ナターリエはぶんぶんと頭を振って、邪念を追い払おうとした。

「ダメダメ、薬師の仕事をまっとうするのよ。しっかりしなきゃ」

夕刻、家の荷物が届いたとミッケが知らせに来るまで、夢中で薬の調合に取り組んでいた。部屋に荷物を運ばせに入ってきたミッケは、ナターリエを見て目を丸くする。

「まあ、ご令嬢、そのお姿――」

ナターリエは登城した時の地味なドレスに愛用している薬の染みのついたエプロン姿、髪は無造作にうなじで束ねたままだった。

「もうすぐ陛下の晩餐のお時間でございますよ。よもや、そのお姿で御目通りするおつもりではございませんよね？」

ナターリエはきょとんとする。

「え、いけない？　だって私は薬師ですもの。着飾る必要なんか……」

ミッケが呆《あき》れたように首を振る。

「薬師といえど、お嬢様はレディでございます。陛下の御前では、きちんとした服装を心がけてくださいませ」

「で、でも……今までこんな感じだったし……」

「荷解《にほど》きは私どもに任せて、お嬢様は化粧室へどうぞ、さあさあ」

ミッケに強引に化粧室に引き込まれた。

「すべて、私たちにお任せください」

ミッケたちはあっという間に、ナターリエのドレスを剥《は》いでシュミーズ一枚にしてしまった。彼女たちはクローゼットの中をあれこれ吟味する。

「お嬢様の白磁のようなお肌には、赤系のドレスが映えましょう」「鮮やかな赤色のお髪《ぐし》ですから、シンプルに結い上げるのがよろしいかと」「お嬢様の清楚《せいそ》な美しさを引き立てるために、装飾品は真珠がぴったりでしょう」

ドレスや髪型が決まると、ミッケたちはテキパキとナターリエの着付けを始めた。

勝手がわからないナターリエは、まるで着せ替え人形みたいに彼女たちのなすがままになるしかない。彼女たちが選んだドレスは、芥子《けし》の花のように鮮やかな真紅で、襟や袖にふんだんにレースが使われ、胴衣やスカートには金糸を使った豪華な刺繍《ししゅう》が一面に施されている。こんな煌《きら》びやかなドレスを着るのはずいぶんと久しぶりだ。

ドレスの着付けが終わると、化粧台の前に座らせられ、髪を結い上げられ真珠のイヤリングやネックレスで飾られ、薄化粧まで施された。

あれよあれよと言う間に、素敵なレディに仕立て上げられていく。

「さあ、出来上がりましたよ。とてもお美しいですわ」

ミッケが満足そうに言う。

「――」

鏡の中に、見たこともない絶世の美女が映っていた。

「信じられない……これが私なの?」

唖然としてしまう。同時に、自分の中に眠っていた乙女心が目を覚まし、ウキウキした気持ちになってくる。

「国王陛下もさぞやご満足でしょう」

ミッケの言葉に、ナターリエは頬を染める。

「こんな私、気に入ってくださるかしら」

そう言ってから、はたと気がつく。

「いえいえ、私が気に入っていただくのは、私の作るお薬だわ」

キリッと顎を引くナターリエを、ミッケたちはなにか微笑《ほほえ》ましそうに見ている。

程なく、ハンスが出迎えに現れた。

「ご令嬢、食堂へご案内します」

「わかりました。あ、待って、これを忘れてはいけないわ」

ナターリエは新たに調合した薬を入れた鞄を手にした。ナターリエがごつい革の鞄を抱えるのを見て、ミッケが綺麗《きれい》なビーズ製の手提げバッグを渡そうとした。

「お嬢様、こちらのバッグの方がよろしいかと――」

「そんな小さなバッグでは、ハンカチも入らないわ。この鞄は薬師の命なんですから」

きっぱりと断ると、ミッケは素直に引き下がる。

「お気に召すままに」

ハンスに先導され、二階の国王専用の食堂に向かった。長い廊下を歩きつつ、ハンスがにこやかに話しかける。

「見違えるようにお綺麗に仕上がりましたね、さぞや陛下もご満足でしょう」

ナターリエは生真面目に答えた。

「私がいくら着飾ったところで、陛下の頭痛が改善されるわけではありません。薬師はより良い薬を作ることが義務です」

「しかし、美しいご婦人は目の保養でございますよ。陛下がお心やすくなられれば、頭痛も軽くなるかもしれません」

ハンスの言葉に、ナターリエはハッとする。急いで鞄から分厚いメモ帳を取り出し、書きつける。

「それも一理あるわ。陛下の頭痛の原因が、心理的なストレスなどから起きている可能性もありますものね」

「そういう意味ではないのですが――」

ハンスはなぜか複雑な表情になった。

国王専用の食堂に通される。見上げるほど高い天井にキラキラ光るシャンデリア、精緻な浮き彫りで飾られた壁面、そして清潔なテーブルクロスを掛けた長いテーブルの向こうの上座に、すでにギルベルトが着席していた。

「ご令嬢がおいでになりました」

ハンスが声をかけ、後ろに一歩引く。

「待ちかねたぞ」

ギルベルトが立ち上がって近づいてきた。ディナー用の濃紺のディナージャケットにウエストコート、純白のシャツとタイ、トラウザーズにピカピカの漆黒の革靴を履いていて、絵から抜け出したような格好の良さだ。

彼はまじまじとナターリエを見た。お気に召さなかったかとヒヤリとしたが、ギルベルトは満足げに目を細めた。

「そのドレス、お前にピッタリだな——さあ、食事にするぞ」

ギルベルトが右手を差し出す。ナターリエはこんなふうに男性にエスコートされることに慣れていないので、ぎくしゃくして自分の右手を預けた。

ギルベルトは自分の隣の椅子を引いてくれる。完璧な所作だ。ナターリエはおずおず腰を下ろした。

自分の席に戻ったギルベルトは、ナプキンを広げ片手を挙げて壁際に待機していたウェイターに合図する。

「始めろ」

ナターリエはさっそくカバンからメモ帳を取り出し、鉛筆を構えた。

「まず、陛下は普段の食欲はいかがでしょうか？」

「む――普通にあるが」

ギルベルトが少し戸惑ったように答えた。ナターリエはうなずきながら書き込む。

ウェイターが前菜を運んでくる。

「サーモンのタルタルでございます」

ナターリエは自分の前に置かれた皿には見向きもせず、ギルベルトに質問を続ける。

「お魚とお肉なら、どちらがお好きですか？」

「肉、かな」

「では、鶏、牛、兎《うさぎ》、鹿ではどのお肉がお好みで――」

ギルベルトは手にしてたナイフとフォークをがちゃんと音を立ててテーブルに置いた。彼は苛立たしげに言う。

「待て、これはなんの時間だ？」

ナターリエはきょとんとして答える。

「え――陛下の健康診断のために、問診を――」

ギルベルトのこめかみに血管が浮いている。偏頭痛が起きたのだろうか？　慌てて鞄から薬の薬包を取り出した。

「頭が痛みますか？　でしたらお薬を――」

ギルベルトがはーっと大きくため息をついた。

「頭が痛いのは、お前のその態度だ」

「え？」

ギルベルトがナターリエの瞳の奥を覗き込むように見つめてきた。そんな射るような眼差しで見られたら、息が詰まってドキドキしてしまう。

「ナターリエ、俺はお前とゆっくりと食事をしたいと思っていたんだ」

初めて名前を呼ばれ、心臓が跳ね上がった。

「そ、そうなのですか？」

ギルベルトが右手を伸ばして、ナターリエの顎を掴《つか》んで上向かせる。

「お前は痩せているし顔色も悪い。お前こそ、自分の健康管理がなっていないのではないか？」

「うっ……それは……」

返す言葉もない。確かに、これまで往診や薬の調合に夢中になっていて、食事や睡眠をおろそかにしていた。

「だろう？　今は美味《うま》い食事を楽しむことだ」

「はい……わかりました」

メモ帳を鞄にしまい、ナイフとフォークを手に取った。

「よし」

ギルベルトがかすかに口の端を持ち上げた。急に優しい表情をされて、さらにドキマギしてしまう。

前菜をひと口含むと、ナターリエは目を丸くした。

「美味《おい》しい……！」

「当然だ、国一番のシェフが作る料理だ」

ギルベルトは鷹揚《おうよう》にうなずく。

「こんなまともな食事をしたのは、久しぶりです」

ナターリエは夢中になって口を動かす。その様子を、ギルベルトがじっと見ている。

「お前、普段何を食べているのだ？」

「ええと、だいたいはパンにハムやチーズを挟んだものとミルクです。片手で食べられるので、医学書を読みながらも食事ができて便利なんです」

ギルベルトが目を瞬く。

「そんな粗末な食事ばかりしていたのか」

「だって……勉強と診察に忙しくて――時間はいくらあっても足りません」

「俺専属の薬師になったら、もう、そのような生活はしなくていい。いくらでも贅沢《ぜいたく》に美味いものを食べさせてやる」

ギルベルトは自分の皿のローストビーフを切り分けると、それをナターリエの口元に差し出した。

「もっと食べろ」

「いえ……それは陛下のお料理で――」

「俺は毎日美味いものを食している、食べろ」

ぐいぐいと口元に押し付けられ、仕方なく口を開ける。もぐもぐと咀嚼《そしゃく》すると、ギルベルトは新たな肉片を差し出す。

「食べるんだ。よく食べてもっと身体に肉をつけろ」

「んん……」

必死で口を動かすと、ギルベルトがにんまりした。

「よし」

ギルベルトに健康を気遣われるなんて、真逆ではないか。しかし、ギルベルトの機嫌がよさそうなので、これもハンスの言っていた精神的ケアの一環かもしれないと思いなおした。

食事をしながら、ギルベルトはしきりに話しかけてくる。

「部屋は気に入ったか？」

「はい。家の荷物もすぐに運んでもらえるようで、助かりました」

「足りないものはないか？　欲しいドレスや宝石や家具があれば、なんでも揃えてやるぞ。お前は俺の専属の薬師だからな、不自由はさせぬ」

「そ、それでしたら……」

もじもじすると、ギルベルトが身を乗り出した。

「遠慮するな」

「あの――もっと精度の高い秤《はかり》が欲しいです。あと、今使っている乳鉢がすり減ってきているので、新しいものがあれば――」

ギルベルトは目を丸くしてこちらを見ていたが、ふいにぷっと吹き出した。

「くっ、くく――秤に乳鉢か、ふ、ふふっ」

なにかおかしなことを言ったろうか。

ギルベルトは肩を震わせていつまでも笑っている。こんな笑い方をするのだ。

厳しく威風堂々とした態度ばかり見ていたので、急に親しみやすい雰囲気になって呆気《あっけ》に取られてしまう。ギルベルトは目尻に涙を浮かべ、白い歯を見せた。

「女というものは、やれ金だドレスだ宝石だとねだるものだと思っていたが、秤を欲しいと言ったのはお前が初めてだ。お前はほんとうに、得難《えがた》い薬師だな」

輝く笑顔に心臓が鷲掴《わしづか》みされる。

「いいえ、まだ陛下の頭痛を治した程度ですから……」

「いやいや、お前と食事をすると笑いが止まらず食欲も増して、消化にとても良い。これからは、毎食食卓を共にしろ」

「え、そ、それならば……わかりました」

よくわからないが、ギルベルトの体調がよくなったのはとても嬉しい。

食後のコーヒーの時間になり、ナターリエは頭痛止めの薬の薬包を取り出した。

「陛下、これを食後にお飲みください」

ギルベルトはちらりと薬包に目をやり、無造作に言った。

「粉薬も丸薬も苦手だと言ったろう、お前が呑ませろ」

「――は、い……」

口うつしで呑ませろというのだ。これも薬師の務めだと思い、立ち上がるとギルベルトに近寄る。

ギルベルトは顔を仰向け、目を閉じて待機している。

その無防備な表情は少年ぽくて、ナターリエは脈動が速まってくるのを止められない。

粉薬を口に入れ水を一口含んで、そっとギルベルトの唇に重ねる。彼がゆっくり唇を開き、薬を注ぎ込んだ。

ギルベルトがこくりと喉を鳴らして、薬を嚥下した。

ほっとして唇を離そうとすると、

「一滴残らず呑ませろ」

と、ギルベルトの右腕が素早くナターリエの腰を引き寄せた。ぐっとギルベルトの唇が深く押し付けられ、彼の舌が口腔に侵入してくる。

「んっ、んんぅ……っ」

苦しいくらい舌を搦め捕られ、口中を貪られてしまう。溢れる唾液を啜《すす》り上げられ、何度も舌を絡められ、吸い上げられる。

「んゃ……あ、ふぁ……くぁ」

淫らな舌の動きに、頭の芯がぼうっとしてしまう。心地よさにいつまでも口づけたいという欲求が込み上げてくるが、必死で邪念を振り切って顔を捩《よじ》って身を離す。

「も、もう、お、お薬は、全部呑みきられましたでしょう？」

息が上がって、声が切れ切れになってしまう。

「お前の口の中は甘くて、いくらでも呑めそうだ」

ギルベルトが艶やかな声で言う。そんな色っぽく言われては、ナターリエの心音は激しくなるばかりだ。頬が燃えるように熱くなっている。椅子に座り直し、鞄の中を確認するふりをして誤魔化《ごまか》そうとした。

「では、次は寝る前に薬を寝室へ持って来るがいい。ハンスを呼びにやる」

ギルベルトは平然として立ち上がると、ナターリエの椅子を引いてくれた。

「は、はい。で、では、失礼します」

ナターリエは彼と目を合わせないようにして、そそくさと食堂を後にしようとした。

その時、食器を片付けているウェイターの姿がちらりと目に入る。彼の右手がわずかだが小刻みに震えている。実は、食事を始めた時から、彼の様子が気になっていたのだ。

「あの、あなた――」

思わずウェイターに声をかける。ウェイターは驚いたように頭を下げた。

「はっ。なにか粗相がございましたでしょうか？」

「いえ、違うのよ。その右手――ちょっと拝見してもよろしいかしら？」

ナターリエはウェイターに近づく。ウェイターは恐縮した顔で、ギルベルトの方を見遣った。ギルベルトは鷹揚にウェイターに告げる。

「よい。薬師に診てもらえ」

「はい──」

ナターリエはウェイターの右手を取り、丁寧に診た。それから、

「ちょっと、顎を上げてくれますか？」

と言って、ウエイターの喉仏あたりに触れる。その部分が少し膨れている。

「そうね──肝気の巡りが悪いようだわ。ここを悪くすると、手足に震えが出たりするの」

ナターリエは鞄を探り、丸薬の入った小さな薬瓶を取り出した。

「芍薬《しゃくやく》を精製したこのお薬を、毎食後に三錠飲んでください。そして、睡眠をよく取るようにしてちょうだい。一週間ほどで手の震えが消えなかったら、また別のお薬を処方しますから」

ウェイターは薬瓶を受け取り、深々と頭を下げた。

「あ、ありがとうございます」

ナターリエはにっこりする。

「早く良くなるといいわね」

ギルベルトはじっとその様子を見ていた。彼はウェイターが下がると、ぼそりと言う。

「俺は、ウェイターの不調に気が付かなかった」

「私は仕事柄、人の所作に目が行くだけですから」

「そういうことではない。彼が最近頻繁に食器を取り落としたりするのを、職務怠慢だと叱責していたのだ」

彼が苦い顔をした。

「病気だったのか——悪いことをした。お前は大した薬師だな」

ナターリエは目を瞬く。

尊大な振る舞いもするが、おのれの間違いを反省する度量がきちんとある人なのだ。ナターリエは胸の中がじんわりと温かくなった。

「あの——今度、労《いたわ》りのお言葉をかけて差し上げたらよいと思いますわ」

そう声をかけると、ギルベルトがうなずいた。

「そうする」

素直に答えられ、ナターリエはますます彼への好感度が上がってしまう。思わず見つめていると、その視線に気がついたギルベルトが目の縁をかすかに赤らめ、傲慢な口調に戻った。

「いつまでそこにいる。早く行くがいい」

「で、では失礼します」

廊下に出ると、ハンスが待ち受けていた。

「まだ城内がよくわからないでしょう。お部屋までお送りします」

「ありがとうございます」

心配りのできるハンスの存在は、まだ自分の置かれた状況を完全に把握していないナターリエにはとても心強い。

彼に先導されながら、ギルベルトの健康についての所感を話す。

「陛下は食欲も旺盛で、いたってご健勝のように思えますが――」

ハンスは足を止め、振り返った。

「ご令嬢。陛下が弱冠二十歳で王位に就かれたことはご存知《ぞんじ》でしょう?」

「ええ、第二王太子でありながら、前陛下のご遺志で即位されたと――」

ハンスが声を顰《ひそ》めた。

「ギルベルト陛下は側室のご子息です。本来ならば、正妃の王子アーラン殿が即位するはずでした。ですが、王者としての資質は、誰の目にもギルベルト陛下の方が優《まさ》っておりました。前陛下もこの国の未来のために敢《あ》えて、第二王太子のギルベルト様を指名したのです。しかし――この即位はさまざまな火種を王家に残しました――特に、王太后殿下のご不興は著しく――」

ナターリエは、登城した際に、中央階段のところで出くわした王太后と息子のアーラン神官のことを思い出した。

わずかな邂逅だったが、王太后の態度や言葉の端々にギルベルトに対する強い反感が感じられた。

アーラン神官は影の薄い人物で、王太后の言いなりのような雰囲気だった。

「そういう事情だったのですね」

「後継が決定すると、他の王太子は王家を離脱する決まりになっております。そのため第一王太子のアーラン殿は、俗世を捨て城内の聖殿《せいでん》の神官になられました——ですが」

ハンスはさらに声を小さくする。

「ここだけの話、王太后殿下は未だにアーラン殿を還俗《げんぞく》させ、国王の座に就かせたいと熱望しているのです。臣下たちの中の保守層は、王太后殿下を支持する者もおります。彼らはギルベルト陛下の政策に批判的です。一見栄華を極めるベッケンバウワー王家は、一枚岩ではありません。ギルベルト陛下の心労は、なみなみならぬものなのです」

「そうだったのですね……」

ギルベルトが国王になってから、グーテンベルク王国はますます繁栄している。国内外から彼の王者としての評価は鰻登《うなぎのぼ》りで、この世の春と『愉悦王』と賛美されているくらいだ。

だが内情を聞くと、これまでギルベルトがどれほど大変な思いをしてきたのか、いくらかでも理解できた。

「では、陛下のお体の不調は、精神からくるものかもしれませんね」

ハンスがうなずいた。

「そうです。だからこそ、ご令嬢の出番なのですよ」

「私なんか——村の一薬師にすぎません。どれほど陛下のお役に立てましょうか？」

「とんでもありません。すでに陛下の頑固な偏頭痛を治癒されたではありませんか。自信をお持ちください」

ハンスは力付けるように言った。

第二章　愉悦王は昂りたい

部屋に戻ると、届いていたナターリエの私物は、ミッケたちの手によりすでにきちんと整理されてあった。ナターリエは家財などほとんどない。財産は本と医療器具だけだ。

膨大な蔵書は本棚から溢れ、部屋の隅に積み上げられてあった。広々とした部屋の中が、にわかに手狭な感じになってしまう。綺麗な飾り棚にはずらりと医薬品の入った瓶が並び、鼈甲細工《べっこう》の洒落《しゃれ》たキャビネットやチェストに薬草や薬鉱石の入った箱が幾つも置かれ、生薬用の干したカエルやオオヤモリ、鹿やサイの角、白花蛇舌草《びゃっかじゃぜつそう》、熊胆《ゆうたん》、熊の手などの瓶詰めも並んでいる。とても、淑女の部屋と思えない雰囲気になってしまった。しかし、ナターリエにとっては馴染《なじ》みのものに囲まれる安心感があった。

「あの――このようでよろしかったでしょうか？　なんだか雑然としてしまったようで――」

ミッケが気遣わしげに聞いてきたが、ナターリエはにこやかに答える。

「もちろんよ。でも先日、猿の頭の黒焼きと馬糞《ばふん》石を注文してあったから、それを置くキャビネットが欲しいわね」

「さ、猿の頭――う、馬の糞？」

ミッケが目を白黒にさせる。

「下痢や腹痛によく効く薬ができるのよ。あ、ミッケさんも身体の具合が悪いところがあれば、遠慮なく言ってちょうだいね。お薬を調合しますから」

「い、いえ、私は至って元気でございます――あと一時間後に、入浴のお手伝いをいたしますので、それまでに御用があればお呼びください」

ミッケはそそくさと退出してしまった。

「一時間か――もう少し、頭痛止めの薬を作っておこう」

今配合している頭痛薬は、ギルベルトにはよく効いているようだが、効果が持続しない。薬を呑むのが苦手だというギルベルトに、一日一服で済むような有効な薬を作れないだろうか。

「でも強い薬は副作用も起こりやすいのよね――」

ナターリエは綺麗なドレスの上に愛用のシミだらけのエプロンを着け、袖のレースが邪魔なので腕捲《うでまく》りをした。すぐに薬の調合に取り掛かった。あーだこーだと熱中していると、一時間などあっという間だ。

ミッケたちが迎えに現れた時には、顔も手も髪の毛も粉薬まみれになってしまった。

「まあ、なんというお姿！　美人が台無しではないですか！」

呆れたミッケたちに強制的に浴室に運ばれてしまう。

風呂など一人で入れると言い張ったが、

「なりません。夜のためにピカピカに磨き上げさせていただきますっ」

と、数人がかりで広々とした浴槽に沈められ、薔薇《ばら》の香りのするシャボンで身体の隅々まで洗われてしまう。

髪の毛は艶を出すために椿油《つばきゆ》を染み込ませて梳《くしけず》られ、全身に潤いを与える香油を塗り込められた。薬で荒れた指先にたっぷりミルククリームを塗って擦られる。

そして、新品の絹の夜着を着せられる。下穿《したば》きはない。襟や袖にレースが施され肌触りがとても良いが、身体の線が透けるような薄いものだ。その上から、踵までの長さの絹のガウンを着せかけられた。襟元にふわふわの水鳥の羽毛があしらわれている。

「あの……こんな格好は必要ないわ。私は陛下にお薬を届けるだけなんですから」

ナターリエは戸惑ってしまう。

ミッケが鋭い目で睨んできっぱり言う。

「レディの夜の嗜《たしな》みです」

「そ、そうなの……？」

一人暮らしになってから、夜遅くまで本を読んだり薬の実験に取り組んだりして、着た切りの格好のままソファで寝落ちなどしていた。レディとしてはあるまじき自堕落な行為であるが、これまでのナターリエにとって一番大事なことは、医学の造詣を深めることだったのだ。

ギルベルト専属の薬師となったからには、ますますそこに力を入れるべきではないのか？　こんなふうに、女を磨いて装う必要があるのだろうか。

鏡の中の女王様然とした自分の姿を眺めながら、ぼんやりと考えていると、ハンスが迎えに現れた。

「陛下の寝所にご案内いたします」

ハンスはナターリエの姿を見ると、目を細めた。

「これはこれは、とても魅力的ですね」

「私が装っても、良い薬ができるものではないのですけれど……」

「気薬という言葉もありますよ。目の保養も、陛下のお気持ちを慰めるには必要なことではありませんか？」

「なるほど、一理あります。ハンスさんは薬師に向いていますわ」

ナターリエはメモ帳を取り出して、ハンスの言葉を書き記した。ハンスは生真面目なその様子を微笑ましそうに見ている。

広い廊下を何度か曲がると、奥に扉が見えてきた。ギルベルトの寝室は、ちょうどナターリエの部屋と対面の位置にあるようだ。近衛兵たちが厳重に守っている。ハンスは扉を軽くノックし、声をかけた。

「陛下、薬師のご令嬢が参りました」

「待ちかねた。薬師だけ入れ」

即座にギルベルトが返事をする。ハンスは扉を開くと、ナターリエを促した。

「どうぞ。私は外で待機しております」

ナターリエはゆっくりと寝室に足を踏み入れた。背後で静かに扉が閉まる。

広々とした寝室の中を照らす灯《あか》りは、暖炉の熾火《おきび》とベッド脇の小卓の上にあるオイルランプのみだ。大人が数人眠れそうな天蓋付きの大きなベッドに、ギルベルトが鎮座していた。

金糸の縫い取りのある漆黒のナイトガウンを羽織り、軽く腕を組んだギルベルトは、こちらに顔を振り向けた。湯上がりなのか、それまできちんと撫《な》で付けていた金髪が額を覆っていて、とても若々しく見えた。薄明かりの中で彼の青い双眸が色っぽく光っていて、ナターリエは緊張してしまう。

「こちらへ来い」

「は、はい」

ナターリエはギルベルトの側まで寄ると、鞄から薬を取り出そうとした。するとギルベルトが右手を挙げてそれを止める。

彼はしばしじっとこちらを凝視し、軽く息を吐いた。

「艶《なま》めかしくていい匂いがするな」

「侍女たちがレディの嗜みだと言うもので――」

「そうか、できれば薬の前に――晩餐の時の問診の続きをしてくれないか？」

「あ、もちろんです」

ギルベルトの体調や肉体の調子はぜひとも知りたかったのだ。

「よし」

ギルベルトは素早くガウンを脱ぎ捨てた。

「きゃっ」

思わず顔を背けてしまった。

彼はガウンの下は一糸纏わぬ姿だったのだ。

「なんだ。薬師なら人間の裸体など見慣れておろうに」

ギルベルトが揶揄《からか》うように言う。

「そ、そうですが――あの、こ、股間は覆って、横になってください」

恥ずかしさに、耳まで真っ赤になっているのがわかる。

「わかった。言われた通りにしたぞ」

ナターリエはホッとして顔を振り向ける。

真紅のシルクでできたシーツの上にギルベルトが仰向けに横たわっていた。股間だけガウンで隠してあるが、彫像と見紛《みまが》うばかりに均整の取れた美しい肉体だった。

がっちりとした肩幅、広い胸板、腹筋の割れた腹部、スラリと長い手足には程よく筋肉がついている。ナターリエはドキドキが止まらないが、それを押し隠し、鞄から聴診器を取り出す。象牙製でラッパのような形で、傘の広い方を患部に当てもう片方を耳に当てて心音などを聞くのだ。

「では脈と呼吸を調べますね」

ギルベルトの心臓部分に聴診器を当てると、ギルベルトがもぞりと動いた。

「擽《くすぐ》ったいな」

「動かないでくださいませ」

「うむ」

耳に当てるためには、顔をギルベルトの胸部に寄せなくてはならない。顔を近づけると、ギルベルトの体温が感じられますます脈動が速まるが、気持ちを必死で集中させた。

「脈拍は、正常ですね――」

もっとよく聞こうと顔を動かすと、ナターリエの長い髪がはらりとギルベルトの肌を撫でた。途端に、彼の脈拍数が跳ね上がった。

「まあ、いけない。心臓に少し不調があるようです」

「そんなわけはない。至って正常だ」

「でも、不整脈《ふせいみゃく》かもしれません。呼吸も少し速いようですわ」

「気のせいだ」

ギルベルトが憤然と言い張る。

ナターリエはメモを取りながら、今度は触診をする。

ギルベルトの筋肉は引き締まっていて、肌は滑らかだ。日頃から鍛えているのだろう。首筋から、胸元、腹部へと触診をしていく。

「胃の調子は悪くないようですね。大腸も――」

言いながら、下腹部まで来たので慌てて手を離した。

「ええと、ほぼ異常は認められないようです。調子がよろしくないのは、偏頭痛だけでしょうか?」

「む――」

ギルベルトが急に黙りこくる。なにか言いにくい不調があるのだろうか。

「私は薬師ですから、正直になんでもお話しくださらないと困ります」

ギルベルトはふいにこちらに顔を振り向けた。

「ナターリエ、実は私には大きな身体の悩みがある」

「なんですか? そんな大事なことは、一番におっしゃってください」

思わず身を乗り出すと、ギルベルトがさっと腰のガウンを取り払った。

「あ――」

薬師として村人の様々な治療にあたってきたので、剥《む》き出しの男性器を初めて見たわけではない。

しかし、ギルベルトの一物は、これまで見たこともないほど巨大であった。

さすがに目を背けるわけにもいかず、冷や汗を流しながら彼の股間を凝視する。

「ご、ご立派で――」

自分でも何を言っているのだろうと思っていると、ギルベルトが声を顰めた。

「だが、勃たぬ」

「え？」

即座にはギルベルト言葉の意味が頭に入って来なかった。彼が気まずそうにくり返した。

「男としての役に立たぬのだ」

「え、つまり勃起不全ということですか？」

ギルベルトの白皙の目元がかすかに赤く染まった。

「はあ、お前は身も蓋もないな」

「も、申し訳ありません、つい医学用語が――」

頭の中でものすごい勢いで、男性機能を奮い勃たせるための薬の配合を思い出そうとした。

「だが、先ほど少し反応した」

「えっ？」

「お前の触診に、ここが反応したのだ」

「――ぇ」

「触れてみてくれ」

「あえ、ぅ」

変な声が出た。治療だ、これは治療だと自分に言い聞かす。

ギルベルトの傍で腰を下ろすと、おずおずと、臍《へそ》のすぐ下あたりに触れてみる。

「そこではないだろう？　もっと下だ」

「うぁ、っはい」

下の毛も金髪なのだな、などと場違いな感想を持ちつつ、おそるおそる陰茎に触れてみた。想像していたよりひんやりとしている。だが、ぴくりとも反応しない。

「刺激が必要だ。撫でてみろ」

「えぅ、あ」

背中にだらだらと嫌な汗が流れた。しかし、患者の不調を治すのが薬師の務めだ。

太い陰茎をそっと上から下へ撫でてみる。ギルベルトがもぞりとみじろいだ。

「擽ったい。もっと強い刺激だ」

「ど、どのような……」

「握ってみろ。卵を持つような柔らかい感じでな」

「こ、こうですか」

　極太の肉胴は片手では扱いづらく、両手で握ってみた。

「そうだ、そのままゆっくり扱いてみろ」

「うぁ……は、はい」

　こんな治療で効果があるのか、さっぱりわからない。言われるままに両手を滑らせて、上下に動かした。手を動かしながら、ギルベルトの表情をうかがう。彼は目を伏せて、下腹部に集中しているようだ。長い睫毛が彫りの深い顔に陰影を落とし、ぞくぞくするほど色っぽい。

「い、いかがでしょうか？」

「なかなか、いい」

「え、そうなのですか？」

　薬師として治療の効果が出ることくらい嬉しいことはない。夢中で手を動かしていると、亀頭の先端の鈴口からじわりと液体が滲《にじ》み出てきた。これは男性が性的に感じ始めると漏れ出す液体だ。それに、肉棒が少し熱を持って硬くなってきたような気がした。男性器が勃起する予兆なのだろうか。

嬉しくなってニコニコしながらギルベルトに言う。

「あ、陛下、変化がみられました。もっといたしますか？」

「――今夜は、もういい」

急に身を引かれた。両手を前に差し出したままの格好で、ナターリエはどうしていいかわからない。

ギルベルトは身を起こすと、ガウンを羽織った。彼はぶっきらぼうに言う。

「頭痛の薬を呑ませろ」

「は、はい」

慌てて薬包を取り出し、自分の口に入れてから水筒の水を含む。そして、ギルベルトに顔を振り向ける。彼はすでに顎を上げて口をわずかに開いて受け入れ体勢である。親鳥から餌を待つ雛鳥《ひなどり》のようで、なんだか可愛らしい。

「ん……」

唇を重ね、ギルベルトの口腔に薬を流し込んだ。ギルベルトはごくりと喉を鳴らして嚥下したかと思うと、素早く舌を絡めてきた。

「んんっ、ぅっ」

口内をくまなく舐めまわされ舌を強く吸い上げられると、四肢から力が抜けナターリエの思考はとろとろと甘く蕩けてしまう。

「……ふぁ、はふぅ……」

これは大事な薬を一滴残らずギルベルトに与えるための行為だ、と頭の中で自分に言い聞かせた。

だが、なぜか身体の奥がきゅんと疼いてせつなくて堪《たま》らなくなる。

ギルベルトは存分にナターリエの口腔を味わい尽くすと、やっと解放してくれた。ナターリエは淫らに息を弾ませながらも、薬師の本分は忘れない。

「お、お薬は効きましたか」

「うむ、即効だ」

「ああよかった……」

ギルベルトも潤んだ瞳でこちらを凝視する。

「今さらだがその格好、なかなか扇情的だな」

薄着を指摘され、恥ずかしさに全身が熱くなった。ガウンがはだけて、胸元が露《あら》わになっていた。

慌ててガウンの前を掻《か》き合わせた。

「えっ、あ、も、申し訳ありません。侍女たちが勝手に……」

「よい。刺激的なのは有効だ。明日の晩も同じ格好で来い。そして、俺の勃起不全回復の治療をしろ」

「しょ、承知いたしました——し、失礼します」

しどろもどろで、寝室を後にする。

「はあ……っ」

扉の外で大きくため息をつくと、ハンスが少し意外そうに声をかけてきた。

「ご令嬢――もう、終わったのですか?」

治療のことを聞かれたと思い、

「あ、はい。頭痛のお薬はよく効きました」

と答えると、ハンスはなんとも言えない複雑な顔になった。

「それは――ようございました」

ナターリエはギルベルトの勃起不全については言及するのを控えた。男性としてデリケートな問題だし、国王としての尊厳にもかかわるだろう。

「お部屋に戻りましょう。陛下のために、もっとよい薬を考えたいのです」

と、意気込んで言う。ハンスは廊下を先導しながら、さりげなく言う。

「ご令嬢は、ほんとうにいつでも一生懸命であられますね――そこが陛下のお気に召したのでしょう」

「いえ、たまたま私の薬が陛下の体質に効果があっただけの話ですわ」

謙遜して言ったつもりだったが、ハンスはなぜかやれやれと首を振るのみであった。

部屋に戻ると、ナターリエは早速蔵書をひっくりかえして、男性機能にかかわる項目を読《よ》み耽《ふけ》った。

必ず効果抜群の薬を作り上げるつもりだった。

一方その頃――。

国王の寝室に呼び付けられたハンスとミッケは、ギルベルトから延々と愚痴を聞かされていたのである。

「あいつはなんで、あそこまで鈍感なんだっ」

ギルベルトは寝室の中をイライラと歩き回り、白皙の顔を真っ赤に染めて声を荒らげた。

「天下の『愉悦王』が、ここまで優遇しているのだぞ。なぜ、俺の気持ちに気がつかない？」

「深窓のご令嬢といいますか、深窓の薬師様といいますか。陛下を患者としてしか認識なさっておられないでしょう」

直立しているハンスは、痛ましげな顔でギルベルトを宥《なだ》めようとした。

「そもそも、偏頭痛などと仮病を作ってまでご令嬢を城に呼び付けたのが、間違いではないですか？」

ギルベルトがキッとハンスを睨んだ。

「仮病ではない！　王太后と保守派、外交問題と、この国には頭が痛いことだらけだ。それなのに、あいつと話していると、医学用語を駆使して頓珍漢なことばかり言うので、ますます頭が痛くなる」

ミッケが控えめに口を挟む。

「今夜のナターリエ様は、とても美しく魅力的に仕上がりましたのに――」

ギルベルトが足を止め、ため息をついた。

「確かに、俺はあと一歩で、彼女を押し倒すところだった。理性を試されている気がしたぞ」

「では、そのまま既成事実を作られればよろしかったのでは？」

ハンスがしれっと言う。

ギルベルトが眉間に皺を寄せた。

「そんなことをして、ナターリエを傷つけたら——城から逃げて行ってしまうかもしれないだろう？　もう二度とあいつが手に入らない」

ミッケが取りなすように言った。

「いっそ、まっすぐに告白なされては？　ずっとナターリエ様を想《おも》っていらしたと、正直に——」

するとギルベルトがかっと目を剥いて、噛《か》み付かんばかりに怒鳴った。

「それで、拒否されたらどうする？　俺は一生立ち直れない！」

ギルベルトは、どさりとベッドの上に腰を下ろし、艶やかな金髪をくしゃくしゃと掻《か》き回した。

「あくそ、また頭が痛くなってきた。欲しいものはなんでも与えると言っても秤が欲しいとか言うし、食事を楽しもうとすれば健康診断を始めるし——どうすればあいつの気持ちを惹《ひ》きつけることができるのか、まったくわからん」

ハンスとミッケは顔を見合わせる。

ハンスが子どもに言い聞かすような口調になる。

「ご令嬢は、陛下のおためになろうと一生懸命でございます。少なくとも、好意はあると思いますよ」

ギルベルトがパッと顔を上げ、縋《すが》るような眼差しになった。

「そうか？　ほんとうに、そうか？」

「そうですとも。今夜も徹夜で陛下のためのお薬を調合すると、張り切っておられました」

「そうかそうか、いや、徹夜はいかん、彼女の透き通るような肌が荒れてしまう。ミッケ、部屋に戻ったらすぐにあいつをベッドに追いやれ」

「かしこまりました」

さんざん愚痴ったせいか、ギルベルトは少し落ち着いたようだ。

「これからも、お前たちに協力を頼む。なんとしても、ナターリエの気持ちを俺に向けさせてやる。無論、彼女にそんなことをバラしたりしたら傷つけてしまうから、厳罰だぞ。よし、下がれ」

ようやくギルベルトから下がるように命令され、ハンスとミッケは揃って寝室を出た。

廊下でハンスが首を振って大きく息を吐く。

「困ったものだ。陛下は初恋をこじらせ過ぎだ。大陸一の財と権力と美貌を誇る『愉悦王』だぞ、どんな女性だって思いのままではないのか？　あれでは『憂鬱王』だ」

「でもこれまで、複雑な生い立ちもあって、陛下はずっと無私で、この国を繁栄させることだけに全身全霊を注いでこられました。その陛下が、ただ一人の女性への想いを糧に頑張って来られたのだと思えば、とても健気《けなげ》ではありませんか。私は涙が出そうでしたわ」

ミッケの感情のこもった言葉に、ハンスも表情を緩めた。

「そうだな。陛下には絶対に幸せになられてほしい。それが我々の願いだからな」

「ええ――」

二人は強くうなずき合った。

ハンスとミッケは、ギルベルトが王太子時代から彼に忠実に仕えていた。側室の息子という立場のギルベルトは、ともすれば王宮で孤立しがちだった。二人はギルベルトを陰から支え続けていたのだ。ギルベルトから、二人は絶大の信頼を置かれている。それで、今回のナターリエの登城にあたり、彼女の側に仕えることを命じられたのだ。要は、ナターリエを守り女性として磨き上げ、ギルベルトに気持ちを向けさせるのが使命なのだ。

とは言うものの、美人で気立は良いが医学以外には興味のない変わり者のナターリエと、才気煥発《さいきかんぱつ》で飛ぶ鳥を落とす勢いの王者だが女性関係にはまったく奥手のギルベルトという、最難関な組み合わせに、二人とも文字通り頭を痛めているのである。

翌朝。

ナターリエは早起きして、医学書と首っ引きで新薬の研究に取り組んでいた。前の晩、徹夜で本を紐解《ひもと》こうとしたら、ミッケに、

「レディは夜更かしをするものではございません。歯をきちんと磨いてお休みください」

と、早々にベッドに追いやられてしまったからだ。

「ええと、男性の性欲を高めるには……松の実、クコの実、イチジク、黄卵、羊の脳みそ、ショウガ、クロッカスの実——狐《きつね》の睾丸《こうがん》——ハクサンチドリの根……」

希少でめったに手に入らない材料が多い。

「仕方ないわ、朝食の時ギルベルト様にお頼みしよう」

少し肩が凝ったので伸びをし、新鮮な空気を吸おうとバルコニーに出た。

王宮の庭は朝もやに包まれてぼんやり霞《かす》んでいる。向かいに、ギルベルトの部屋のバルコニーが見えた。

「まだお休みかしら……」

ふと、昨夜のギルベルトの裸体を思い出し、一人で赤面してしまう。あんなにも恵まれた美貌と体格をしているのに、男性機能が働かないなんてほんとうに気の毒だ。

これまで、数多の身分の高い美女が王妃候補に城に招かれたと聞いていたが、誰も彼の性的欲望を目覚めさせることはできなかったということか。恋している男性が他の女性と結ばれなかったという

事実に、ホッとして口元が緩んでしまう。だが、すぐに心を入れ替える。

「私ったら不謹慎な――この国のために、一刻も早くギルベルト様の機能を回復させ、ご結婚をしてもらわねばならないのに……専属薬師になれただけで、もう充分幸せなんだから」

そう自分に言い聞かせていると、ふいに向かいのギルベルトの部屋のバルコニーに出る窓がゆっくり開いた。ギルベルトが目を覚ましたのかと、慌てて部屋に戻ろうとした。

だが、人目を忍ぶようにバルコニーに出てきたのは、別の人物だった。

「あっ……？」

黒っぽい神官の服装をしている。アーラン神官だった。ナターリエは素早くしゃがんで、バルコニーの柱の陰に身を隠す。アーラン神官はフードを目深に被り周囲を見回してから、バルコニーの脇の非常階段を素早く下りた。そのまま庭の奥に、朝靄《あさもや》に紛れて姿を消してしまった。

「……」

息を顰めていたナターリエは、そろそろと立ち上がった。

「なぜ、アーラン神官様がギルベルト様のお部屋から――？」

王太后はギルベルトと敵対しているという。その息子のアーラン神官が、人目を憚《はばか》ってギルベルトの部屋に立ち入って、なにをしていたのだろう。ナターリエの胸にもやもやした暗雲が立ち込めた。

朝食の席で、ナターリエは控えめにギルベルトに聞いてみた。

「あの……今朝、ギルベルト様のお部屋に誰か訪ねてきましたか？」

皿のベーコンを切り分けていたギルベルトは、そっけなく答える。

「いや。誰も来ぬぞ。なぜそんなことを聞く？」

「いえ……なんでもありません。」

気のせいかもしれない。朝靄の中だったし、見間違えもあり得る。医療以外であまり出過ぎた事を言うべきではない、と口を噤《つぐ》んだ。だが、ギルベルトの皿を見た途端、思わず声を上げてしまう。

「ギルベルト様、人参《にんじん》とアスパラを残してはいけませんっ」

ギルベルトは悪戯《いたずら》を見つかった少年のように、口を尖《とが》らせた。

「野菜は嫌いだ」

ナターリエは身を乗り出す。

「人参の成分には疲労回復や消化を促す効果があるのです。アスパラの栄養は、免疫力を高めます。全部食べてください」

「お前は俺の母親かっ」

ギルベルトがじろりとナターリエを睨む。医療に関してはナターリエも一歩も退けない。

「薬師の言うことはきいてください」

ギルベルトの眉間に皺が寄った。壁際で控えていたハンスが、ハラハラした表情になる。ギルベルトはむすっとして答えた。

「わかった」

彼はやにわにフォークを握ると、むしゃむしゃと野菜を頰張《ほおば》った。ナタ一リエは皿が空になるまでじっと見張っていた。ギルベルトが綺麗に野菜を食べ尽くすと、にっこりする。

「それでよろしいですわ」

ギルベルトが目を瞬く。そして穏やかな口調で言う。

「お前がそんなふうに笑うのなら、これからは野菜も食べる」

「え？」

ギルベルトがにんまりした。

「笑え」

野菜を食べてくれるのならと、仕方なく笑顔を作る。

「うん、それでいい。お前は笑っている顔が一番可愛い」

「な——」

いきなり甘い言葉を言われて、ナタ一リエの頰に血が上った。褒められると嬉しくて、心臓が高鳴ってしまう。しかし咳払いしながら、薬師の立場に戻ろうとした。

その時、ウェイターがパンのお代わりを持ってきた。ナターリエは思わず声をかける。

「手の具合はどうですか?」

ウェイターは許可を乞うようにギルベルトの方に目を遣《や》る。ギルベルトが話して構わないと言うようにうなずいた。

「おかげさまで、今朝はほとんど手の震えがなくなりました」

「まあ、よかったわ。ちょっと見せてね」

ナターリエはウェイターの右手を取り、慎重に診る。

「お薬、効いているみたいね。続けて飲んでください」

「は、感謝いたします」

ギルベルトが少し不機嫌な声を出した。

「いつまでそいつの手を握っているんだ。気に食わない」

「なにをおっしゃいますか。触診ですから」

「し、失礼します」

ウェイターは慌ててその場から去った。ナターリエは、ギルベルトがなぜ不機嫌になったのか理解がいかなかった。診察していただけではないか。少し重苦しくなった空気を変えようと、話題を振った。

「あの、ギルベルト様の精力を回復するお薬の材料が、足りないのですが、注文してもいいですか?」

とたんにギルベルトのこめかみに青筋が浮いた。

「朝からそんな話をするなっ」

「え？　でも、一刻も早くお薬を作らないと。大事なギルベルト様のおためです」

そう言うと、ギルベルトは少し表情を和らげた。

「む、そうか――なにが足りないんだ？」

ナタ－リエは急いでメモ帳を取り出した。

「ええと、狐の睾丸とオットセイの睾丸とロバの睾丸と雄鹿の睾丸と、マムシとオオヤモリの干物と――」

ギルベルトの白皙の顔がみるみる赤くなる。

「妙齢の乙女が、睾丸睾丸言うなっ」

「でも、薬の材料なんです――それとタツノオトシゴとカマキリの巣と――」

「わかったわかった。ハンスに必要なメモを渡しておけ」

ギルベルトがこめかみに右手を添えて大きくため息を吐いた。

「まったく、お前には頭が痛くなる」

「あっ、今すぐお薬をっ」

ナタ－リエは慌てていつもの薬包を取り出した。

「待ってくださいね、いますぐ呑ませますから」

するとギルベルトは急に機嫌を直した。

「薬はありがたい」

ギルベルトが目を閉じて顔を上向けて待ち受ける。ナターリエは薬を口に含んで立ち上がると、ギルベルトに顔を近づけた。唇が重なる。

「ん……」

口移しで薬を呑ませようとすると、ギルベルトの右手が伸びてナターリエの後頭部をがっしりと固定した。薬を流し込むと、すかさずギルベルトの舌が絡んでくる。

「んんっ、んぅぅっ」

舌が絡み吸い上げられると、みるみる身体の力が抜けてしまう。くちゅくちゅと舌が擦れ合う猥りがましい音が耳の奥で響き、官能的な心地よさに意識がぼうっとしてくる。そして、なぜかきゅんと下腹部の奥が疼いた。

ふいにギルベルトが顔を離し、濡れた舌で唇の周りを舐めた。その仕草が妙に色っぽくて、ドキドキしてしまう。

「よし、頭痛も治った。力が湧いてきたぞ。政務に行く」

ギルベルトがすっくと立ち上がった。

薬の効き目が早くて、ナターリエ自身も驚いてしまう。でも、ギルベルトの役に立てているという誇らしさで、胸が熱くなった。

ギルベルトの右手が、ナターリエの頬をつんつんと優しくつついた。

「では、晩餐にまた会おう。あと、寝所にも忘れずに来い」

「はいっ、必ずいいお薬を調合して持ってまいりますね」

力強く答えた。

「期待するぞ」

ギルベルトがそう言い残して退出すると、ナターリエは薬の材料を記したメモをハンスに手渡した。

「ハンスさん、できれば、昼前までに揃えて欲しいのですが。大丈夫ですか？」

メモを受け取ったハンスは大きくうなずく。

「ナターリエ様と陛下のおために、なんとかしましょう」

「嬉しい、よろしくお願いしますね！」

ぱあっと破顔すると、ハンスが眩しそうに目を細める。

「こんな恐ろしげな薬より、ナターリエ様の笑顔の方が、百倍効能がありそうですがね」

「なにを言うの。古来よりすごく効き目があるという薬のレシピなんですよっ。なんとしても、今夜に間に合わせたいの。一刻も早くギルベルト様のお役に立ちたいのよ」

憤慨して言い返すと、ハンスは表情を正した。

「あなた様のその誠実なお気持ちこそが、気薬でございますよ。材料はすぐに手配させます」

「気薬……」

秘めている恋心が甘くときめく。この真摯な感情が、ギルベルトの心身を救うことになるのなら、どんなに嬉しいだろう。

一級秘書官に重用されているハンスは実に有能で、昼前までに必要な材料はすべてナターリエの部屋に届けられた。

「さあ、頑張るわよ」

ナターリエはエプロンを着け腕まくりすると、性欲を刺激し促進する薬の調合に取り掛かった。一度スイッチが入ると、ナターリエは時間の経《た》つのも忘れて集中してしまうたちだ。

ミッケが時間を見計らっては、軽食やお茶を差し入れてくれるのがありがたい。

ハンスやミッケの協力のおかげで、薬の調合は順調に進んだ。

「最後に、葡萄酒《ぶどうしゅ》と蜂蜜を入れて──と」

晩餐の時間までには、試薬が完成した。

「これがうまく効いてくれるといいのだけれど……」

小瓶に入れた赤い液体の試薬を、ナターリエはまじまじと眺める。

「ナターリエ様、そろそろ晩餐のお時間です。お着替えをいたしましょう」

ミッケに促され、ディナードレスに着替える。

今夜は、とろんとした光沢のある上質な絹の薔薇色《ばらいろ》のドレスだ。少し襟ぐりが深くて、胸の谷間が見えてしまう。なんだか、どんどん色っぽい服装をさせられているような気がする。

「ミッケさん、こんな大人っぽいドレス、恥ずかしいわ……」

「なにをおっしゃいますか。とてもよくお似合いですわ。美しいものは陛下のお心を慰めます」

そうキッパリと言われると、反論できない。自分が装うことで、ギルベルトの気持ちが安らぐのなら、致し方ない。それに、薬の完成を一刻も早くギルベルトに伝えたい。

ハンスに先導されて王家の食堂に赴くと、ギルベルトが戸口で起立して待っていた。わざわざ出迎えてくれたのだ。今夜のギルベルトはオフホワイトのディナースーツ姿で、気品に溢れ絵から抜け出てきたように美麗だ。彼はナターリエの姿を見ると、満面の笑顔になった。

「今夜もいっそう美しいぞ、ナターリエ」

手放しで褒められて、乙女心がざわついてしまう。

ギルベルトが手を差し伸べ、椅子まで誘ってくれた。素敵な貴婦人のように扱われて、恥ずかしくも嬉しい。

着席するや否や、ナターリエは持参した鞄から、例の試薬の小瓶を取り出した。そして、自慢げに差し出す。

「ギルベルト様、見てください！　薬が出来上がりました！」

ナプキンを広げようとしていたギルベルトは、うろんな眼差しで小瓶を見る。

「それが――朝お前が言っていた、怪しげな材料を使った薬か？」

「怪しげとはなんですか。古代医学書で絶賛されていた精力剤ですよ」

憤然として言い返すと、ギルベルトがからかうような表情になった。

「試してみたのか？」

「え？」

「お前はいつも、自分で治験をすると言っていただろう？　そいつの効き目はあったのか？」

「え……いえ……その」

さすがに、精力剤を試すのは二の足を踏んでしまったのだ。

「国王に、治験もしない怪しげな薬を呑ませるというのか？」

「う……」

正直なところ、初心《うぶ》で清純なナターリエには、女性が欲情するという感覚がまるで理解できない。

効き目のほどもわからない。

だが確かに国王付きの薬師として、効用がわからない薬を呑ませることはできないだろう。

「わかりました。では、私で試してみますから」

「うん、そうしろ」

「では――」

ナターリエは小瓶の蓋を取ると、一息に薬をあおった。

ギルベルトが目を見開いた。

「あ、馬鹿者。今ここで呑めとは言っていないぞ」

だが、その前にナターリエはごくりと薬を嚥下してしまった。灼《や》けつくような熱さが、食道を伝って胃の腑《ふ》に落ちていく。

「あっ……」

急激に体温が上昇した。

そして、むず痒《がゆ》いようなせつないような感覚が下肢からじりじりと迫《せ》り上がってくる。息が乱れ、頭がぼうっとしてきた。強いお酒を飲んだ時のように、身体がふわふわしてくる。

どうしていいかわからず、未知の感覚をやり過ごそうと顔を伏せて目をきつく瞑った。

無言のままのナターリエに、ギルベルトが気遣わしげに声をかけてきた。

「おい、大丈夫か?」

ギルベルトが顔を覗き込む。彼の息遣いや体温が生々しく感じられ、ナターリエはパッと顔を上げた。直後、ギルベルトと真《ま》っ直《す》ぐ視線が絡んだ。

「ああ――」

ギルベルトの顔を見たとたん、ずくんと子宮の奥が淫らに疼き、自分では制御できない熱量が下腹部の中心に集まって行く。あられもない箇所が昂って、何かで刺激して欲しいと渇望する。苦しくてたまらない。思わずギルベルトに縋《すが》り付いていた。

「ギ、ギルベルト、様……辛いの……どうにかしてください……」

潤んだ瞳で声を震わせる。

「っ――」

ギルベルトが短く息を吐いた。彼はさっと立ち上がり、ナターリエを横抱きにした。そして、口早にハンスに声をかける。

「晩餐は中断する。ナターリエの具合が悪い。俺の寝室で介抱する」

ハンスは瞬時にその場の状況を察したようで、食堂の扉を素早く開けた。ギルベルトが足早に出て行く。

ギルベルトの逞《たくま》しい胸に抱かれ彼の男らしい体臭に包まれると、ナターリエの淫欲がますます燃え盛った。灼けつくような疼きが、胎内を駆け巡り苛《さいな》む。

「あ、熱い……身体中《からだじゅう》が熱くてたまらないの」

「耐えろ。すぐになんとかしてやる」

ギルベルトはぎゅっとナターリエの身体を抱きしめ、自分の寝室へ急いだ。扉の前を武装した近衛兵たちが守っている。

「扉を開けろ！」

ギルベルトの勢いに、近衛兵たちは慌てて扉を開いた、彼は寝室に飛び込み背中で閉め、そのままベッドに直行した。

彼はナターリエをそっと仰向けに横たわらせる。

「苦しいか？」

彼はナターリエのドレスの胴衣を緩めてくれた。

「はぁ、は、あぁ……」

あらぬところが堪えられないほど疼き、今にも自分の手で掻き毟《むし》ってしまいそうだ。太腿《ふともも》を擦り合わせ、ベッドの上で仰《の》け反《ぞ》って身悶《みもだ》える。ギルベルトはナターリエの汗ばんだ額に張り付いた前髪をそっと掻《か》き上げ、ひどく優しい声を出した。

「これほど効くとは――どうすればいい？」

彼が耳元に顔を寄せ、掠《かす》れた声を出す。

「ナターリエ、どうして欲しい？」

彼の低い声と息遣いが耳孔《みみあな》を擽っただけで、媚肉がきゅんと締まりつーんと甘い痺れを生む。もっと強い刺激が欲しい。

ナターリエはもはや矢も盾もたまらず、自らスカートを捲《まく》り上げ、両足をはしたなく広げた。

「熱いの、ここが、入り口も……奥も……おかしくなりそう……っ」

「お前が、そんな淫らに誘うなんて――」

ギルベルトの双眸が妖しい熱を帯びる。彼の右手が伸ばされ、絹の下穿きを引《ひ》き摺《ず》り下ろした。剥き出しになった下腹部が外気に晒《さら》されると、ぞわっと鳥肌が立った。

「あ、んっ」

「お前の恥ずかしい場所が丸見えだ――なんてそそるんだ」

ギルベルトが小声でささやく。彼の声が情欲に濡れているのがはっきりと感じられた。

ナターリエの薄い茂みに、ギルベルトの長い指が伸びてきた。さわさわと恥毛を撫でられただけで、下肢がぞくりとおののく。

「すごい――ぐっしょり濡れている」

ギルベルトの指先がつつーっと割れ目を撫《な》で下ろした。未知の痺れるような快感が走った。

「ああっ」

白い喉を反らせて、猥《みだ》りがましい声を上げてしまう。

「ほら、とろとろだ」

ギルベルトは花弁に溢れる愛蜜を指で掬《すく》い取ると、ナタ―リエの顔に近づけて見せた。とろりと粘着質の液体が彼の指から滴る。そんなはしたないものを垂れ流しているなんて信じられない。しかも、ぷんぷんと甘酸っぱいいいやらしい匂いもする。

「や……ぁ」

真っ赤になって顔を背《そむ》けてしまう。

「花びらが綻びかけている」

ぬるっと節高な指が、蜜口の中に押し込まれた。そのままぐにぐにと内部を擽ってくる。

「ひ……んっ」

濡れそぼった膣口を繰り返し上下に擦られると、ぞくぞくした快感が身体中を巡り、四肢から力が抜けてしまう。

「ここ、ヒクヒクしているぞ、もっと奥が欲しいか?」

ギルベルトはナタ―リエの反応を伺いながら、じりじりと指を奥へ進めてくる。

「や、あ、指、あ、挿《は》入《い》って……くる……っ」

胎内に異物が侵入してくる違和感に、腰が逃げそうになるが、疼き上がった粘膜を擦られると、膣襞《ひだ》は悦びにきゅうきゅうと収縮を繰り返す。

「熱いな――すごい、指を咥《くわ》え込んで離さないぞ――すごく、興奮するな」

ギルベルトの息が乱れる。彼の指が隘路《あいろ》を押し広げるように、ゆっくりと侵入してくる。処女襞は
それを押し返すように収斂《しゅうれん》するが、同時に奥へ誘うように絡みついてしまう。

「あ、あ、そんなに、奥まで……無理……」

「まだ挿入《はい》る。指二本、挿入《いれ》るか」

ギルベルトは人差し指と中指を揃え、ぐちゅぐちゅと卑猥《ひわい》な水音を立てて内壁を掻き回した。

「あ、あぁ、や、そんなに……あ、あぁ……」

違和感と同時に熱い愉悦が爆《は》ぜる。

「どんどん蜜が溢れてくる。すごいな、漏らしているみたいだ」

「や、そんなこと、言わないで……ください……っ」

ナタ一リエは羞恥に全身がおののく。

「恥ずかしいのか？　だが、感じているお前は、ものすごく色っぽい。とても蠱惑的《こわくてき》だ。たまらないな」

ふいにぬくりと指が抜けて出ていった。

「あ、んっ」

喪失感にすら甘く感じて、艶めかしい声が漏れてしまう。

「どこもかしこも、疼いているのだろう？」

ギルベルトは手際良くナターリエの胴衣を剥いだ。コルセットの紐が解かれて外され、真っ白な乳房がふるんとまろび出る。

「きゃ、あ、やあっ」

媚薬《びやく》のせいか、乳首が痛みを感じるほどに勃ち上がっていた。

「薔薇の蕾《つぼみ》のような可愛い乳首だな——だが、いやらしく尖っている」

ギルベルトが胸の膨らみに美麗な顔を押し付けてきた。彼はちゅっちゅっと、白い肌に口づけし、乳嘴を咥え込んできた。突起を濡れた舌がぞろりと舐め上げた。

直後、鋭い愉悦が子宮の奥まで駆け抜けた。ナターリエがぶるりと身を震わせた。

「やあっ、だめぇ、舐めないで……ぇ」

「感じているじゃないか」

ギルベルトは感じやすくなっている乳首を舐《な》め回し、ちゅうっと音を立てて吸い上げる。痺れる刺激が次々に下肢を襲い、隘路が勝手に強く締まり、きゅーんと強い快美感が身体の中心を襲う。吸われていない方の乳首まで硬く凝り、空気に晒されるだけでびんびんに感じてしまう。ギルベルトの熱い口の中で、敏感な突起をこりこりと甘噛みされると、身震いが走った。

「あ、あぁ、ふ、ふぁ……あんん」

ナターリエは息も絶え絶えになって喘《あえ》いでしまう。

ギルベルトはナターリエにのしかかるように覆《おお》い被《かぶ》さり、交互に乳首を咥え込んでは舐めしゃぶり、右手で股間をいじってきた。花弁を掻《か》き分け、中指で媚肉をぬるぬると擦りながら、なにかを探っている。

「あ、あ？　な、に？」

ギルベルトの濡れた指先が、割れ目の上辺に佇《たたず》む小さな突起に触れた。指の腹がそこを掠めた瞬間、びりびりと雷にでも打たれたような激烈な快感が脳芯まで駆け抜け、ナターリエはびくんと大きく腰を跳ねさせた。

「やあっ、あぁ、あぁぁあぁっ」

目を見開き赤い舌をのぞかせて、犬のようにはあはあと喘いだ。

「ここか？　ここが女の一番感じるところだな？」

ナターリエの顕著な反応に、ギルベルトは嬉しげな声を漏らし、ぷっくりと膨れた花芽を愛液を塗り込めるように撫《な》で回した。

「あ、あ、いやぁ、だめぇ、そこ、だめぇ、ひ、ひぅ……」

これまで感じていた性的快感の何倍も強い喜悦の連続に、ナターリエは腰を揺らしてあられもなく泣き叫ぶ。もはや嬌声《きょうせい》を抑える余裕などなかった。

「いい反応だ。これはどうだ？」

ギルベルトはいやらしく乳房にしゃぶりつきながら、指先で器用に陰核の包皮を剥き下ろし、剥き出しになった花芽を小刻みに揺さぶってきた。

「あっ、あ、あんっ、あぁぁっ」

触れられた突起から凄まじい快感がほとばしった。

「やめ、だめ、あ、だめぇ、あ、ひ、ひあぁっ」

生まれて初めて知る恐ろしいくらいの愉悦に、ナターリエは目をぎゅっと瞑りやり過ごそうとした。しかし、瞼の裏でチカチカと快楽の火花が散り、脳裏が真っ白に染まった。

もう気持ちいいとしか感じられない。

「あ、あ、あ、あぁ、んんん、んん――っ」

腰がびくびくと痙攣《けいれん》し、全身を未知の絶頂感がくまなくめぐり、犯した。

「……は、はぁ、は、はぁ……ぁ……」

意識が朦朧とする。

だが、凄まじい快感だったのに、奥の熱は去らない。秘所の入り口がきゅうきゅう締まり、ギルベルトの指を吸い込もうとする。その反応に、ギルベルトが顔を上げて掠れた声でたずねる。

「どうした？　もっと欲しいか？」

「わ、わからない……」

涙で潤んだナターリエの瞳に、これまでみたこともないような野生じみたギルベルトの顔が映った。

その表情を見ただけで、隘路がひくついて強い飢えを生み出す。

「でも、中が、奥が、熱くて、たまらないの……」

自覚なく両足が誘うように開き、腰が求めるみたいに浮く。

「く——ナターリエ」

ギルベルトがくるおしげに息を吐いた。

彼はもどかしげに衣服を脱ぎ去った。一糸纏わぬ姿になると、

「これを見ろ」

と、ギルベルトはナターリエの右手を掴んで、自分の股間に導いた。

「あっ……」

熱く硬く太いものに触れて、ナターリエはびくりと手を引こうとした。しかし、ギルベルトが強引に男根に押し付ける。

そこは猛々《たけだけ》しく漲《みなぎ》っていた。平常時でも巨大だった彼の肉棒は、驚くほど張りナターリエの腕ほどの太さに膨張していた。

「あ、あ、すごい……」

ナターリエは声を震わせ、おずおずと屹立《きつりつ》を握って撫でる。すると剛直がぴくんと手の中で踊った。

ギルベルトが呼吸を乱しながら性急な声を出した。

「ナターリエ、蘇《よみがえ》ったぞ。俺の欲望はお前のせいで、こんなに昂っている」

「ああ、あ、ギルベルト様……すごい、すごいです」

歓喜で全身が熱くなる。

「お前の熱を鎮めてやる」

ギルベルトがぐっと腰を沈めてきた。

どろどろの蜜口に、滾《たぎ》る肉棒の先端が押しつけられる。その感触だけで、ナターリエの処女肉はひくひくわなないた。

「あ、あ、熱い……」

「お前が欲しくて、こんなに熱くなっている」

硬く膨れ上がった亀頭が綻んだ陰唇にぐぐっと侵入してきた。強引に濡れ襞を押し開き、徐々に侵入してくる。

指とは比べ物にならない熱く太い剛棒に、隘路が悲鳴を上げるように痛みを走らせた。

「つうっ、あ、あ、きつい……あ、や、あ、あ」

思わず息を詰めると、媚肉が太竿の侵入を拒むように、押し返してしまう。

「く——そんなに力を入れるな、挿入らない」

ギルベルトが苦しげに息を乱す。彼はもどかしげに腰を揺らすと、やにわに噛み付くような口づけを仕掛けてきた。

「ふぁっ、あふう……っ」

乱暴に舌を搦め捕られ痛いほど吸い上げられ、意識が口づけに飛んだ直後、膨れた怒張が一気に穿《うが》たれた。

灼けつくような痛みと目も眩むような愉悦が同時に襲ってきて、ナターリエは目を見開いて背中を弓なりに仰け反らせた。

「ひぁあああぁっ」

信じられない質量で、隘路がぎちぎちに埋め尽くされる。男の欲望の熱で、胎内から灼きつくされてしまいそうだ。疼き上がった濡れ襞は、ナターリエが浅い呼吸を繰り返すたびにきゅっと昂った剛直を締め付ける。

「あ、あ、いっぱい……で、く、苦し……」

「まだ、全部挿入っていない」

ギルベルトは息を弾ませ、ナターリエの両足を抱えるとさらに大きく足の付け根を開かせた。そしてみちみちと処女肉を開いていく。

「あ、あ、あ……」

奥の奥までギルベルトの怒張が届いた。

「ふ――全部挿入ったぞ――ナターリエ」

ギルベルトが感慨深げな声を漏らした。

「熱くてきつい――これがお前の中か――たまらないな。もっとお前を感じさせろ」

ギルベルトがゆったりとした動きで腰の抜き差しを始める。

滾る欲望がぬぶぬぶと濡れ襞を擦り上げ、引《ひ》き摺《ず》り出しては再び挿入される。

「あう、あ、は、はぁっ、あぁっ」

媚薬のせいでじんじんと疼き上がっていた蜜壺は、歓喜して男の欲望を受け入れてしまう。太い血管が幾つも浮いた肉茎が媚肉を擦り上げるたびに、深い快感がじわじわと下腹部に広がっていく。傘の開いた亀頭が最奥を穿ってくると、熱い衝撃波が脳芯で弾け、はしたない嬌声が止められない。

次第にギルベルトの律動が速くなってきた。

「あぁ、ん、や、あ、すごい、あぁ、すごくて……こわ、い……」

激しい抽挿に、魂がどこかに飛んでいってしまいそうな錯覚に陥る。

「やぁ、ギルベルト様、私、そんなに激しくされたら……おかしく……っ」

涙目でギルベルトを見上げると、彼は熱に浮かされたような顔で見返してきた。

「おかしくなっていい、俺のすべてをお前に教えてやる」

ギルベルトはナターリエの細腰をつかまえると、ずちゅぬちゅと淫らな音を立てて身体を前後に揺さぶってきた。子宮口の少し手前辺りのひどく感じる箇所を、憤り勃ったギルベルトの肉棒の先端がぐいぐいと押し上げると、頭の中が真っ白になるほどの喜悦が襲ってくる。

「あぁ、あ、くぅ、は、あぁ、やぁ、そこ、だめぇっ」

「ここが感じるのか？　ここが悦いのか？　ナターリエ、もっとだ、もっと俺を感じさせてやる」

ギルベルトは、腰の律動に合わせてたぷたぷと揺れる乳房に顔を埋め、赤く勃ち上がった乳首を咥え込み、歯を立てた。

「あうっ、あ、つぅ、あ、噛《か》まないで……ぇっ」

じくんと灼けつくような感覚が下腹部に走り、内壁がきゅうきゅうと淫らに打ち震えてしまう。これ以上の快楽は堪えられないと思うのに、濡れ襞はもっと激しくもっと穿って欲しいとばかりに、ギルベルトの肉胴に絡みついて離さない。

「はあっ——また締まる——たまらない、お前の中、ものすごく気持ち悦い」

ギルベルトは息を荒がせながら、ナターリエの乳嘴にむしゃぶりつき、同時に深く挿入したままぐりぐりと最奥を抉《えぐ》り立てる。

ギルベルトの獣のような息遣いと、粘膜の打《ぶ》ち当たる淫らな音、粘着質な水音、そしてナターリエの甲高い嬌声が渾然一体《こんぜんいったい》となって、寝室の中に響き渡る。

ナターリエはとめどない愉悦に喘ぎながら、夢中でギルベルトの背中に縋りついた。

快感に意識が朦朧として、なにも考えられない。

「やぁあ、あ、だめぇ、あ、もう、あ、もう、なにか……っ」

胎内に溜《た》まった快楽の熱に目の前が真っ白に染まり、なにかの限界に届いては熱が引き、再び頂点に駆け上る。

「ギルベルト、様、もう、もう私、変に……おかしくなって、どうしたら……いいの？」

息も絶え絶えに訴える。

「おかしくなれ、もっとだ、もっと――」

ギルベルトはナターリエの腰を持ち上げると、身体を折り曲げた。自分の膝が顔につくくらいに二つ折りにされると、より深く結合する格好になった。

「あああああっ」

ギルベルトは上からがむしゃらに腰を打ちつけてきた。その激しい律動に、眩暈《めまい》がする。信じられない快楽が繰り返し襲ってきて、脳髄まで蕩けてしまうかと思う。

「や、ふぁ、あ、も、だめぇ、あ、だめなのぉっ……だめぇぇぇ」

「く――俺ももう限界だ――ナターリエ、一緒に達《い》こう」

ギルベルトは息を凝らすと、あとは一心不乱に腰を振りたくった。

「あ、あぁ、あぁあ、ギルベルト様、も、もう、もうっ……」

全身が強張り、腰がびくびくと痙攣した。呼吸も鼓動も止まってしまったかと錯覚する。

「くっ――」

ギルベルトが低い呻き声《うめごえ》を上げ、何度か強く腰を穿った。

小刻みに収斂する柔肉の狭間《はざま》に、勢いよく男の精が迸《ほとばし》った。

「……く、あ、あ、あ、あ……」

引《ひ》き攣《つ》った身体ががくがくと震え、直後どっと力が抜ける。詰まっていた息が解放された。

「……はぁ、は、はぁ……ぁ」

ぐったりと放心するナタ―リエの腰を抱え、ギルベルトは欲望の残滓《ざんし》をどくどくと注ぎ込む。

「はあ――ナタ―リエ、お前の濡れた瞳も、感じ入った顔も、赤く染まった白い肌も――なにもかも、素晴らしい――」

ギルベルトは熱に浮かされたような声でつぶやくと、濡れた舌でナタ―リエの汗ばんだ額や頬を舐め回した。最後にしっとりと唇を塞がれる。

「ん……んん……」

ナタ―リエはうっとりと目を閉じて、口づけを受ける。

二人は繋がったまま、脱力してシーツの上に横たわった。

「ああ――幸せだ」

耳元でギルベルトが甘くささやいた。

ドキンと心臓が跳ね上がった。それは勃起不全が回復したことを指しているのだろうか。

ゆっくりと快楽が引いていくと、徐々に理性が戻ってきた。

あんなに乱れてしまって、恥ずかしくてギルベルトの顔がまともに見られない。視線をそむけ、小声で言う。

「ギルベルト様――申し訳ありません」

「なにを謝る？」

「だって……ギルベルト様のお薬を呑んでしまって、こんな、はしたないことに――」

ギルベルトが白い歯を見せてにっこりする。

「だが、結果的に俺の男性機能は見事に回復したではないか」

「そ、それはそうですけれど……」

「お前の薬は大したものだ。これからもよろしく頼むぞ」

「で、でも――この媚薬はギルベルト様に使うにはまだ治験が足りない気がします……効きすぎてしまうみたいで……」

自分のあられもない反応を思い返し、羞恥に穴があったら入りたいくらいだ。

ギルベルトがぐっと顔を寄せてきた。

「かまわないぞ」

「で、でも、私が試飲するたびに、このように乱れてしまっては、薬師として失格かも……」

ギルベルトがナターリエの髪を優しく撫でた。

「では、そのたびに俺が鎮めてやろう」

「いえっ、そんなこと……」

「遠慮するな、俺の男性機能もお前が乱れる様に、ひどく反応するようだ」

「そ、そうなのですか？」

「うむ、お前は実に有能だ」

ギルベルトは満足そうに笑う。

心から嬉しそうなその笑顔に、ナターリエは胸がきゅんきゅんして甘く痺れる。

思いがけなくも、愛するギルベルトと結ばれてしまったことも、夢のようだ。たとえ、彼の男性機能回復のための一過程としても、身も心も捧げられたことは至上の喜びだった。

（もっともっと、この人のために頑張ろう……）

そう思っているうちに、うとうととしてくる。

いつの間にか、深い眠りの底に落ちていった。

第三章　愉悦王は愛したい

夜明けごろ、ふっと目が覚めた。

燃えるような身体の熱はすっかり冷めていた。媚薬の効き目が切れたのだろう。

生まれたままの姿で、ギルベルトの胸に顔を埋めて寝ていた。

目の前に安らかに眠りを貪るギルベルトの顔がある。

寝ている時の彼は、少し無防備で少年のような表情をしている。

（ふふ、可愛い……）

ナターリエはしばしギルベルトの寝顔を堪能したのち、そっと起き上がった。

（国王陛下と一晩過ごしたなんて他の人に知れたら、大変だわ。今のうちに部屋に戻ろう）

節々が強張って、股間に違和感があり、ぎくしゃくとしか動けなかったが、なんとか身支度を終えた。

音を立てないように扉を開く。

見張りの近衛兵たちと視線を合わせないようにして、自分の部屋に戻ろうとした。

その時、廊下の向こうから息急き切ってやってくる男の姿が見えた。エンデル薬師長官だった。その後ろから、取り巻きらしい王家付きの薬師たちが追いかけてくる。

こんな早朝からなんの用だろう。

彼はナターリエの姿を見ると、にたりといやらしく笑った。

「おお——お前、陛下と閨《ねや》を共にしたのか？」

誰に聞いたのだろう？　見張りの近衛兵だろうか。あからさまに言われて、羞恥で顔が真っ赤になった。

「なるほど。お前の役目はこれだったのか」

エンデル薬師長官は大きくうなずく。

「陛下の男性機能のお悩みには、儂《わし》も以前からあれこれ薬をお作りして治療していたのだ。うむうむ、やっと儂の薬の効能が出たということだな」

「え……？」

それは違うと思った——ギルベルトは媚薬に乱れたナターリエに、眠っていた劣情を煽《あお》られたのだ。

だが、そんなナターリエの心中にはおかまいなく、エンデル薬師長官は取り巻きたちに大声で言う。

「儂の薬が陛下を目覚めさせたぞ！」

「おめでとうございます、長官」「大手柄ですね！」「さすが長官です！」

取り巻きが囃《はや》し立てた。

「こうしてはおられんぞ。大臣たちに、陛下の今後の婚姻のお相手などを相談せなばなるまい。いやまず王太后殿にお知らせしよう。王太后殿は、ずっと陛下がご結婚なさらぬことにお心を痛めておられたからな」

エンデル薬師長官はナターリエを完全に無視し、勝手に話を進めている。いたたまれない気持ちになり、

「失礼します……」

と、小声で挨拶をして急ぎ足でその場を去った。

甘い一夜の夢から現実に引き戻された。

自分は国王付き薬師に過ぎない。エンデル薬師長官の言うことは間違っていない。

ギルベルトが男性機能を回復したのなら、王妃となる人を迎えることは必然のことだ。彼が相応《ふさわ》しい女性を迎え結ばれて後継を成すことは、喜ばしいことなのだ。

ギルベルトの幸せこそがナターリエの願いなのだから。

(でも辛い——心が砕けてしまいそう……)

部屋に戻ると、ミッケが控えの間で直立不動で待ち受けていた。目が真っ赤だ。夜通しナターリエの帰りを待っていたのかも知れない。彼女はナターリエの姿を見ると、ほっとしたように息を吐いた。

「ああ、お帰りなさいませ、ナターリエ様。陛下の食堂で具合が悪くなられたとお聞きして、心配し

ておりました」

「ごめんなさい……ギルベルト様の寝所で休ませてもらったの」

なにがあったかはとうてい口にできず、顔を赤くしてうつむいた。その初々しい恥じらい方に、ミッケは敏感に感じ取ったらしく、笑みを浮かべた。

「まあ――それではひょっとして、陛下と？」

「い、いえ、違うの。その、治療をして差し上げただけよ」

しどろもどろで言い繕う。ミッケはにこにことうなずく。

「そうですか、そうだったのですね。ようございました。さぞお疲れでしょう。もう少しお休みになるといいですわ」

ミッケが深く追求せずに労わってくれるのがありがたかった。

ミッケに着替えを手伝ってもらい、ベッドに潜り込む。心身ともに疲れ果てていたが、これからの自分の取るべき道を考えるとなかなか寝付けなかった。

うとうとしだした頃には、もう起きる時間になってしまった。寝不足で頭がぼうっとしている。起こしに来たミッケはナターリエの顔色を見て、眉を顰めた。

「まあ、ひどいお顔です。今日は陛下にお休みをいただいた方が――」

「いえ、陛下の体調の方が大事です。私のお役目を果たさないと。大丈夫ですから」

気を取り直し、いつもの頭痛の薬を調合し、着替えをして迎えに来たハンスと食堂に向かう。ハンスは、ナターリエの元気がないことを気遣うように話しかけてくる。

「今朝、エンデル薬師長官があちこちに偉そうにふれ回っていましたよ。陛下の肉体的な原因を回復し、婚姻可能にしたのは自分の手柄だと。あの男は昔からこすからいやつでした。ご令嬢の心中、お察しします」

ナターリエは作り笑いを浮かべる。

「いいえ、誰の手柄かなど関係ないわ。ギルベルト様がご健勝になられることが、一番大切なことですから」

「――ご令嬢は心から陛下のことを思っておられるのですね」

「当然です。陛下の薬師ですもの」

それは自分に言い聞かせる言葉でもあった。ギルベルトと結ばれたからといって、いい気になってはいけない。これもすべて、彼を健全な肉体にする治療なのだから。

だが食堂の扉の前で待ち受けていたギルベルトの姿を見ると、瞬時に心が揺らいでしまった。

彼は爽やかなスカイブルーの衣装に身を包み、満面の笑みで待っていた。

「ナターリエ、おはよう」

彼はつかつかと近寄ると、さっと右手を差し出す。

「良い朝だな」

あまりに眩しい笑顔に、心臓が跳ね上がってしまう。

「お、おはようございます」

「今朝も美しいな」

そう言った直後ギルベルトは身を屈《かが》め、ナターリエの耳元で低い声でささやく。

「たった一晩で、しっとりと女っぽくなったぞ」

「っ――そういうことを、言わないでくださいっ」

耳まで血が上る。ギルベルトは恥じらうナターリエの姿を嬉しげに眺めている。

男性機能が回復したせいだろうか。いつもよりひどく機嫌がいい。偏頭痛も起きていないのかもしれない。

ギルベルトが絶好調なのは喜ばしい。反面、自分の役割が終わってしまったような寂しさも感じた。

食卓についたが、あまり食欲が出なかった。だがギルベルトを心配させてはいけないので、料理を必死で呑みくだす。

「ナターリエ、お前の手柄の礼になにか欲しいものはないか？ 新しい試験管でもアルコールランプでもいいぞ。お前はそういう物の方が嬉しいのだろう？ それとも、外国から稀少《きしょう》な医学書でも取り寄せるか？ お前が望むものは、なんでも手配してやるぞ」

ギルベルトは終始機嫌が良かった。

ナターリエは作り笑いで応じた。

食事が終わる頃、ノックもなくふいに扉が外から押し開かれた。

王太后が立っていた。朝からけばけばしいえんじ色のドレス姿だ。彼女の背後にはアーラン神官が気遣わしげな顔で佇んでいた。アーラン神官が消えそうな声で王太后に、

「母上、後にしましょう」

ささやくが、彼女は聞く耳を持たずずかずかと侵入してきた。

「王太后殿下、陛下のお食事中でございます」

ハンスが慌てて止めようとしたが、王太后は、

「書記官、下がりゃ！」

と一喝した。さすがにハンスは脇へ退いた。王太后はまっすぐギルベルトの席に近寄った。彼女は満面の笑顔であった。

「陛下、エンデル薬師長官から聞きましたぞ。体の不調が改善され、結婚に向け大きく前進したそうじゃな」

ギルベルトがあからさまに嫌そうに眉を寄せた。

「王太后殿、食事くらい静かに摂《と》らせて欲しい」

王太后は平然と言い返した。

「だが、こうなったら王妃選びは早急に行うべきじゃ。前から話しているが、私の姪《めい》に年頃の公爵令嬢たちがおる。顔立ちも気立ても皆群を抜いておる。彼女らとお見合いをするべく、ただちに城へ招こうと思うのだが、いかがかな？」

その言葉を聞くと、ナターリエの胸が抉られるように痛んだ。

ギルベルトはちらりとナターリエの表情を見遣り、王太后に向かって憤然と言い返した。

「王太后、私は結婚相手は自分で選ぶ。特に、あなたのお身内のご令嬢はお断りする。私は利害関係のある結婚はしない。今後いっさい、結婚の話は持ち込まないでいただきたい！」

「ま、あ――！」

ぴしりと釘《くぎ》を刺され、王太后が目を剥いた。

「なんという失礼な――妾はそなたの将来を心配して――」

「私の将来は私が決める。私の薬師の食事がまだ終わっていない。もう、お下がりください」

王太后の顔がゆでだこのように真っ赤になった。彼女の唇が小刻みに震えている。

「そんな小娘のどこがよいのだ――妾をないがしろにして、後悔することになるぞ！　とにかく、妾の姪は招くからな！」

そう捨《す》て台詞《ぜりふ》を残し、王太后はスカートを翻して食堂を出ていった。王太后は一瞬ナターリエを振り返り、ぎりっと睨みつけた。戸口で待っていたアーラン神官は、ちらりとこちらを見遣ったが、無言で会釈すると王太后の後を追う。

まるで嵐が通り過ぎたかのようだった。

呆然としているナターリエに、ギルベルトが宥めるように声をかけてくる。

「驚かせたな。あのお方はいつもああだ。自分の成すことが正しいと信じて曲げないのだ。正妃だったプライドもあるのだろうが――」

「いいえ……ギルベルト様を心配なさってのことでしょうから」

ギルベルトが、フンと鼻を鳴らした。

「そんなわけはあるまいよ」

彼は食後のコーヒーを呑《の》み干すと、ナターリエを促した。

「ナターリエ、薬をくれ」

ナターリエは薬包を取り出したものの、少しためらう。

「あの……ギルベルト様は、ずいぶんと晴れ晴れとしたお顔です。もう、頭痛は改善されたのではないでしょうか？」

するとギルベルトはこめかみを抑えて呻《うめ》いた。

「いたた、急に痛くなってきたぞ。王太后の乱入のせいだ」

「まあ大変」

ナターリエは慌てて粉薬と水を口に含み、ギルベルトに顔を寄せた。

顔を仰向けたギルベルトは、素直に薬を呑み下す。

即座に彼は朗らかな表情になった。

「お前の薬は本当に良く効くな」

彼は立ち上がると、

「俺は執務に出る。お前はゆっくりと食事しろ。あんまり薬作りに根を詰めるな、お前は人の身体のことばかり考えているが、少しは自分も大事にしろ。ハンス、ナターリエを頼むぞ」

と言い置き、食堂を後にした。口調は傲岸だが、ナターリエへの気遣いに溢れているギルベルトの言葉は胸に甘く染みる。

ナターリエは食事をすまし、ハンスといったん自室に戻ろうとした。食堂から中央階段に続く廊下を歩いていると、ちょうど会議場に向かうらしい臣下たちの一行とすれ違った。

「エンデル薬師長官の話が本当であれば、陛下のご結婚にはもはや問題はない」「陛下のご結婚相手には、どなたがふさわしいか」「王太子殿下はもうすでに妙齢の姪御《めいご》を、城に招く段取りをすすめているそうだ。こちらは外国の王女をお迎えするのも一考ではないか?」「うむ、大国との繋がりを強めるのも必要だからな」

彼らの会話が耳に入る。ナタ―リエはうつむいてしまう。誰もがギルベルトの結婚話にもちきりだ。ギルベルトの結婚は、グーテンベルク王国の将来を決める重大な事項だ。おそらく、ギルベルトの意思だけではどうにもならないこともあるだろう。

ギルベルトの迷惑になることだけはなんとしても避けたい。

ナタ―リエは気持ちを固めた。そして、なにげない口調でハンスに話しかけた。

「ハンスさん、私、今日は街のバザールに行って、いろいろ薬の材料を購入したいのですが――」

「承知しました。では、ミッケたちをお供に連れていくとよろしいでしょう」

「わかったわ」

部屋に戻ると、ナタ―リエは作り溜めてあった頭痛薬を一回分ずつ薬包紙に包み、きちんとテーブルに並べた。少し考えてから、媚薬の処方箋を書いてそのメモも残す。それから、愛用の鞄に愛用の医学書や薬の調合道具を詰め込んだ。

頃合いにミッケを呼ぶ。

「今日は街のバザールに買い物に行きますから、お供をお願いしますね」

「かしこまりました。私ともう一人気の利いた侍女でお供します。馬車を用意させましょう」

「お願いね。あの……ミッケさん。いつも私によくしてくれてありがとう」

ミッケは怪訝《けげん》そうな顔になる。

「なんですか、あらたまって。私の仕事はナターリエ様のお世話をすることなのですから、お礼などいりませんよ」

「そ、そうだったわね」

城の正門から馬車に乗り、ミッケたちを伴《ともな》い街のバザールに向かった。

首都のバザールは、日用品から稀少な美術品まで、あらゆるものが売《う》り捌《さば》かれている。小さな店舗がずらりと軒を連ねていた。大勢の買い物客でごったがえしていた。

日傘を差し掛けてナターリエに付き添っていたミッケは、目を丸くする。

「まあ、ものすごい人通りですこと」

「もっと奥に行きましょう。異国の生薬が欲しいのよ」

ナターリエは人混みを掻き分け、足早に進む。一件の漢方薬の店が目に留まる。

「あそこに入りましょう」

店内に入ると、ナターリエはあれこれ薬を探すふりをした。ミッケともう一人の侍女は、店内を珍しそうに見回している。ナターリエは店員に声をかける。

「この大陸人参の根はもっと大きいのがないかしら」

「奥の倉庫に在庫があるかもしれません」

「見せてもらえます？　ミッケさんたち、ここで待っていてちょうだい」

ナターリエは店員の後について、店の奥に向かう。倉庫に入ると、ナターリエは素早く鞄から金貨を数枚取り出し、店員に握らせた。

「お願い、このまま裏から抜けさせてください。あなたはしばらくここにいて、時間を稼いでほしいの。侍女たちが探しに来たら、私はいつの間にかいなくなったって言ってちょうだい。お願い」

大金を握らされ、店員は目をギラつかせながらうなずいた。

ナターリエは倉庫の裏口を抜け、もうひとつ向こうの通りに出た。人でごったがえす中、通りかかった辻馬車に手を挙げて止め、乗り込む。

「カロッテ村までお願いします」

行き先を告げ馬車が走り出すと、ナターリエは座席の背もたれに背中をもたせかけた。ほっと大きく息を吐く。

「ミッケ、騙《だま》すようなことをして、ごめんなさいね」

以前、ナターリエが住んでいたカロッテの家はそのままのはずだ。そこに戻り、医院を再開させるつもりだった。元の一介の薬師に戻ろう。

いずれ、ギルベルトはどこかの美しいお姫様と結婚することになるだろう。彼が幸せになることは心から喜びたい。でも、側で仕え続けるのは辛すぎる。

ギルベルトの偏頭痛も勃起不全も快癒した今、もはやナターリエの役目は終わった。

ナターリエが勝手に仕事を放棄して抜け出してしまったことを知れば、ギルベルトは無責任だとさぞや失望するだろう。だが、それでいいのだ。

短いが幸せな夢を見た。

国王付きの薬師になり、ギルベルトを癒やすことに専念できた。多少事故気味ではあったが、愛する彼に操を捧げられた。

（私は遠くから、ギルベルト様のお幸せを祈り続けております）

ナターリエは胸の中でそっとつぶやいた。

夜半過ぎに、カロッテ村の外れにある自宅に辿り着いた。

鍵を開けて中に入る。多少埃《ほこり》っぽくなっていたし、家財道具は城に運ばれてしまってがらんとしている。だが、家具など最小限のものがあればいいので、明日にでも買い足そう。生薬なども新しく手に入れればいい。医学知識の大半は、自分の頭の中におさまっていた。幸い、国王付きの薬師として賃金は存分にいただいていたので、生活はどうにかなる。

「明日には、村人たちに医療を再開する挨拶回りをしてこよう」

ナターリエは、作り付けの棚の上から錆《さ》びた燭台《しょくだい》と燃え残りの蝋燭《ろうそく》を探し出し、奥の寝室に明かりを灯《とも》した。粗末なベッドはそのまま残されてあったので、今夜はここで休むことにした。

鞄から乾パンを取り出し、少し食べた。

なんとも味気ない。そして、とてつもない孤独感に苛まれる。

城に上がるまでは、一人暮らしの気ままさを満喫していた。生涯独り身でかまわないと思っていた。だが初恋のギルベルトと再会し、彼の人となりに触れ合っているうちに、すっかり傍《そば》にいることが当たり前になってしまったのだ。

失恋の喪失感は凄まじいものがあった。

「大丈夫、これまでずっと一人でやってきたんだから……」

ナターリエは両手でぎゅっと自分を抱きしめた。

そろそろ休もうと、蝋燭の火を吹き消そうとした時だ。

どんどんとけたたましく扉を叩《たた》く音がした。

「誰ですか？」

もしかしたら、家の灯りを見た村人が急患を運んで来たのかもしれない。

「はい、ちょっと待ってくださいね」

燭台を手にして、戸口に向かう。

鍵を開けるのと、外から扉が強く押し開かれるのはほとんど同時だった。

「ナターリエ！」

そこに、鬼気迫る表情のギルベルトが居たのである。

「あ――？」

ナターリエは唖然とした。

ギルベルトはぜいぜいと息を切らし、金髪はくしゃくしゃで、朝着ていたぱりっとしたスカイブルーの服は泥まみれであった。ギルベルトの背後の木には、汗まみれの乗馬馬が繋がれていた。馬を飛ばして来たのだ。まさか、国王が一人でここまでやってきたのか？

「ど、どうして、ここに？」

ギルベルトはキッと睨みつける。

「それは俺のセリフだ。お前は俺専属の薬師だろうっ？　昼にミッケたちが、バザールでお前が行方不明になったと顔色を変えて駆け込んできたんだ。お前の部屋には薬だけが残されていた。訳がわからんが、お前が家出したことだけはわかった。どうせ、この村に戻ったのだろうと、後を追って来たんだ。どうして、いきなり逃げ出したんだっ」

「だ、だって……」

ギルベルトのあまりの剣幕《けんまく》に、ナターリエはしどろもどろになる。

「ギルベルト様の体調は、すっかり回復いたしましたもの。偏頭痛のお薬も予備を大量に残してまいりましたし、追加が必要ならここからお届けすることもできますし……」

「薬のことだけではないだろう？　お前は俺の男性機能回復のために、ずっと側にいるんだ！」

「お、お側にいるなら、私でなくても、他の女性でもよろしいのではないですか？　媚薬の処方箋がありますから、それを使って――」

ギルベルトの右眉がぴくっと持ち上がる。

「他の女性とは、どういう意味だ？」

「だ、だから――ギルベルト様には、相応しい身分と優れた容姿のご令嬢たちが、いくらでもおられます。王太后様の姪御様も、おいでになったのでしょう？」

「そんなもの、即叩き返した！　臣下たちにも、勝手に婚姻の根回しをせぬようきつく釘を刺した」

「え――」

「他の女ではぴくりともしない。お前でなければ、ダメだ！」

「……」

ギルベルトは身体でナターリエを押すようにして、ずかずかと家の中に入ってきた。ナターリエはその勢いに、思わず後ずさりする。

ギルベルトの腕ががっしりとナターリエの腕を掴む。

「お前にしか、欲情しない」

「そ、そんなの、薬を使えば私でなくても……」

ギルベルトはあの時、薬を飲んでいないが効果はナターリエで実証済みのはずだ。

「馬鹿者、これを見ろ」

ギルベルトはやにわに掴んでいたナターリエの手を、自分の股間に押し当てた。

そこは硬く張っていた。

「きゃっ」

慌てて手を引こうとするのを、ギルベルトががっちりと押さえ込んで離さない。

「どうだ。お前となら、薬など必要ないんだ」

「な、なぜ……？」

ギルベルトはそこで一瞬言葉に詰まる。彼の目元が赤く染まった。

「そ、そんなこと、言わなくてもわかるだろうっ？」

ナターリエは首を傾ける。そして、ハッと気がついた。

「あ、わかりました！」

「わかったか」

「ギルベルト様の機能が完全に回復するまでは、私がお相手をせよということなのですね？　もっと媚薬の改良をして、他の女性にも効く薬を作れということなのですね？　私にはまだまだ、ギルベルト様のお側でなすべき仕事が残っているということですね？」

「は？」

ギルベルトはまじまじとナターリエを見つめた。

ナターリエは真摯な眼差しで見返す。

ギルベルトが呆気にとられたような表情になった。彼は軽くため息をついた。

「はあ――お前はほんとうに医学のことしか頭にないのだな」

「もちろんです」

ナターリエは深くうなずく。

ギルベルトががくりと肩を落とした。ナターリエは慌てて付け加える。

「でも、今はギルベルト様のことで頭がいっぱいですから」

ギルベルトは苦笑した。

「そうか――まあ、いい。とにかく城に戻るな？」

「はい」

ギルベルトの表情が和らいだ。

彼は肩越しに扉の向こうに声をかけた。

「ということだ、ハンス。そこで一時間、全員待機だ」

「承知しました」

扉の外からハンスが返事をした。

ナターリエが目を丸くする。

「お一人ではなかったのですね？」

「当然だ、国王が一人で出歩けるか。まあ実は、お前が万一、曲者《くせもの》にでも誘拐されたのかもしれぬ場合を考え、近衛兵一個団を引き連れて来たんだ」

「そ、そんな大げさな……」

ギルベルトが真顔になった。

「お前に他人が指一本でも触れたら、俺は誰であろうと容赦しないからな。お前は俺だけのものだ」

ナターリエは胸がじんと甘く痺れた。それほどまで、薬師としての自分を大切に思ってくれているなんて、薬師冥利に尽きる。ギルベルトが他の女性と結婚するのが辛くて逃げるなんて、なんて軽率だったろう。

たとえギルベルトが誰と結婚しようと、彼に仕える薬師はナターリエただ一人なのだ。これ以上の至福があろうか。ナターリエは気持ちを込めて言う。

「私はずっと、ギルベルト様専属の薬師です」

「よし、では出立前に、俺を鎮めてくれ」

ギルベルトはさっとナターリエを横抱きにすると、奥のベッドに運び込んだ。そのまま重なり合うようにベッドに倒れ込む。

「あっ……」

自分の下腹部にギルベルトの張った股間がごつごつと触れると、身体の奥がざわついた。ギルベルトが性急にナターリエのドレスを緩めていく。

「や、待ってください」

「待たぬ――一時間しか猶予がない」

ギルベルトはあっという間に胴衣をずり下げ、豊かな乳房を剥き出しにする。スカートを腰まで捲り上げ、下穿きが足首まで引き摺り下ろされた。ナターリエを全裸に剥いてしまう。

「全部脱がせると、時間がかかるからな」

ギルベルトはそうつぶやくと、そのまま強引に口づけをしかけてきた。

「んぅっ……」

「そら、お前も舌を使え。お前は勉強熱心だろう。性技も学べ」

「んんっ、は、ふぁい」

ギルベルトの舌がぬるぬるとナターリエの舌を擦ってくる。ナターリエは必死で彼の舌に自分の舌を絡め、拙いながらうごめかせる。

互いの舌を吸い上げ味わっていると、あっという間にナターリエの全身が甘く蕩け、子宮の奥がひどく昂ってきた。

ギルベルトは深い口づけを仕掛けながら、ナターリエの乳房を掴んで揉《も》みしだく。彼のざらりとした指先が、乳首を爪弾くようにいじってくると、どうしようもなく身体が疼き、腰が猥りがましくくねってしまう。媚薬も使っていないので、こんなにもはしたなく敏感に反応してしまう己の肉体が、恥ずかしくてならない。

「ぁ、あん、ふぁ……」

「感じやすくなって——そのいやらしい顔、ぞくぞくするぞ、もっと感じさせてやる」

ギルベルトはナターリエの乳房に顔を埋めると、赤く尖った先端を咥え込んだ。

「はあっ、あぁんんっ」

舌で乳嘴周囲を舐め回され、こりこりと甘噛みされると、じーんとした痺れが下腹部の奥を襲い、やるせなくてどうしようもなくなる。濡れた舌で凝った乳首を前後に転がし、強弱をつけて吸い上げられると、むず痒い疼きがみるみる強くなり、子宮の奥につーんと熱い喜悦が走り抜ける。媚肉がきゅんきゅん収縮し、自ら快感を生み出してしまう。

「んあぁ、あ、や、も、舐めないで……乳首、いやぁ……感じて……」

どうしていいかわからず、太腿を擦り合わせてせつない疼きをやり過ごそうとしたが、よけいに気持ちよくなるばかりだった。

ギルベルトの舌がうごめくたびに、ナターリエは爪先を引き攣らせて身悶えてしまう。

「は、はぁ、も、やぁ、そんなに、刺激しないでぇ……」

「そんな色っぽい声で言われても、誘っているとしか思えんぞ——もしかして、乳首だけで達ってしまいそうか？」

ギルベルトが嬉しげな声を出す。彼の言うとおりなので、恥ずかしくて堪らない。

「や、言わないで、やぁ……も、もう……っ」

敏感な先端をきゅっと甘噛みされた直後、ナターリエは腰を衝動的に跳ねさせながら、軽く達してしまった。

「んんーっ、あぁぁあぁ……っ」

びくびくと全身がわななないた。

媚肉がとろとろに濡れてくるのがわかった。

「ふふ、可愛いぞ。感じやすくて可愛い身体だ」

ギルベルトが息を乱し、身体を起こした。彼はぐったりしたナターリエの腰を抱えると、うつ伏せの格好にさせた。そのまま腰を持ち上げる。

「あっ？」

四《よ》つん這《ば》いの姿勢にさせられ、ナターリエは狼狽《うろた》える。

「この格好の方が、服を皺にしないだろう」

ギルベルトは背後から覆い被さるようになると、右手をナタ－リエの股間に潜り込ませ、花弁のあわいをまさぐった。ぬるりと男の指が滑る。

「もうどろどろだ」

「や、やっ……ぁ」

ギルベルトの濡れた指が、花芯に触れてくる。ずきずきと疼き上がる愉悦が湧き起こる。

「あっ、あ、そこ、あ、だめぇっ」

少しいじられただけで、下腹部から四肢の隅々にまで熱い快楽が行き渡る。劣情に煽られた膣襞が、うねるように蠕動《ぜんどう》を繰り返し、そこを埋めて欲しいと追い詰めてくる。

ギルベルトはナタ－リエの耳の後ろをねっとりと舐め上げてきた。生温かい舌が、耳殻や耳孔を這《は》い回《まわ》ると、ぞくぞくした震えが腰に走る。

その間にも彼の右手は、ぱんぱんに膨れ上がった陰核を繊細な動きで撫で回し続けている。もはや股間はぐしょぐしょに愛液にまみれていた。

「ひっ、ひぁっ、や、耳も、やぁっ」

「ここも感じるか？　ああ――お前のすべての孔を舐め尽くしてやりたいな」

ぬちゃぬちゃという淫猥《いんわい》な水音が、生々しく鼓膜を犯す。全身が熱く昂り、内壁の飢えは耐え難いほど強くなる。

「も、もう、やめ……もう……っ」

「もう欲しくてしかたないだろう？」

ギルベルトは艶めかしい声でささやき、左手で前立てを緩めた。

硬く熱い屹立の先端が、媚肉の狭間にあてがわれた。膨れた亀頭が、蜜口の浅瀬をぬるぬると何度か往復しただけで、ナターリエはたちまち絶頂に飛んだ。

「あ、あああああっ」

感じ入った両足がぴーんと突っ張る。

「そら、欲しいものをくれてやる」

太い先端が狭隘《きょうあい》な入り口をかい潜り、肉楔《くさび》がぐぐっと奥へ侵入してきた。飢え切った熟れ襞をずぶずぶと抉られると、身の内から灼けつくような衝撃が弾けた。

「はぁぁああぁぁあ――――っ」

ナターリエは猥りがましい悲鳴を上げ、絶頂を極めてしまう。びくんびくんと腰が跳ねる。

「また達ったか？　く――奥が締まる、いい、すごく、悦いぞ」

ギルベルトが掠れた声を漏らし、熱い肉茎をゆったりとした律動で抜き差しする。

「あっ、あぁ、あ、あぁあん」

亀頭の括《くび》れが媚肉の感じやすい箇所に引っかかると、どうしようもなく気持ちよくなってしまう。

ギルベルトの抽挿に合わせて、膨れた陰嚢《いんのう》が秘玉をぱつんぱつんと叩くのもまた、悦くてしかたない。

「ふ、濡れすぎて抜けてしまいそうだぞ」

ギルベルトは吐精に耐えるように低くささやき、腰の動きを速めてきた。

「はあっ、は、や、あ、そんなに激しく……あぁぅっ」

ギルベルトの硬い先端が、子宮口の近くを、ずん、ずん、と強く穿つたびに、ナターリエはどうしようもない官能の快感に乱されてしまう。

「やぁ、奥、あ、当たって、奥、だめぇ……っ」

「奥がいいのだろう？　お前のいやは、いい、という意味だからな」

ギルベルトは意地悪な声を出すと、脈動する肉胴を縦横無尽に突き入れてきた。

激烈な衝撃に、目の前に官能の火花が飛び散る。

「ふあっ、あ、あ、ぁ、許して、おかしく、なっちゃう……っ」

「おかしくなっていい、可愛いナターリエ、俺だけのナターリエ」

ギルベルトの口調に余裕がなくなり、彼は荒い呼吸音だけを響かせて、がつがつと腰を突き上げてきた。

「ひあっ、あ、あ、あ、すご、い……も、あ、もう、だめ、だめぇっ」

太い肉棒で目いっぱい広げられた快感の坩堝《るつぼ》である蜜壺は、ぎゅうぎゅうと締め付け続ける。

「あ、あ、来る、来ちゃう、う、もう、っっ」

意識が酩酊《めいてい》し、全身が媚悦に満ち満ちた。

「っ——俺も、終わる——ナターリエ、一緒に——」

ギルベルトの剛直がぐいっと最奥に捩《ね》じ込まれ、快楽の源泉を抉り込んだ。

「あ——あ、あぁぁぁっっ」

ナターリエはびくびくと全身を痙攣させ、愉悦の限界に達した。

「く——っ」

同時に、ギルベルトがぶるりと腰を震わせて、熱い飛沫《しぶき》をナターリエの内部へ注ぎ込む。

「あ、ぁ、あ、ぁ……ぁあ……」

ナターリエは総身を小刻みに震わせて、あやうく意識を失いかけた。

力を失ったナターリエの身体を抱え直し、ギルベルトは最後のひと雫《しずく》まですべてを出し尽くしたのである。


快感の余韻に酩酊したまま、身支度をなんとか調えた。

ギルベルトに支えられるようにして家を出たナターリエは、そこに松明《たいまつ》を持ってずらりと並ぶ近衛兵たちを見た。先頭にはハンスが直立していた。

騒ぎを聞きつけたのか、カロッテの村人たちが遠巻きで集まっていた。

ナターリエは房事を終えたばかりで、彼らに見られることが恥ずかしくて顔をうつむけてしまった。

一方で、ギルベルトは機嫌よくハンスに声をかけた。

「ナターリエを連れて今すぐ城に戻るぞ、ハンス」

「ああ、ナターリエ様、ご無事でなによりでございます」

ハンスが心底嬉しげに言ってくれるのが、胸に響いた。

「ごめんなさい……勝手な行動を取って」

「そうだ、薬師のくせに俺の寿命を縮み上がらせた責任を、城に帰ったらきっちり取ってもらうからな——おい、馬を引け」

兵士の一人が、ギルベルトの馬を引いてきた。ギルベルトはナターリエを軽々と抱き上げると、鞍《くら》の上に横座りに乗せ上げた。馬に乗ったのは初めてだ。

「きゃ——高い……」

ひらりとギルベルトが後ろに乗ってくる。彼は自分の両腕でナターリエを囲むようにして、手綱を握った。

「夜道を飛ばすぞ。少々尻が痛くなるかもしれぬが、家出した罰だと思え」

ギルベルトがさっと右手を挙げた。

「全員馬に乗れ、出立！」

ギルベルトを先頭に、兵士たちが一斉に動き始めた。

村人たちは国王陛下の馬に同乗しているナターリエの姿を見て、目を丸くしている。顔見知りばかりだ。

登城して以来、村に戻れなかったナターリエは、村人たちときちんと別れの挨拶もしていなかった。思わずギルベルトに声をかける。

「ギルベルト様、少しだけ止まってくださいい。村の人たちに挨拶したいの」

「少しだけだぞ」

ギルベルトは鷹揚にうなずき、村人たちの方へ馬を進めた。ギルベルトの姿を見て、村人たちは慌ててその場に平伏する。

ナターリエは彼らに一人一人に優しく話しかけた。

「トマス、お酒はほどほどにしてちょうだい」「マリー、胃腸のお薬は忘れずに飲むのよ」「ルディ爺《じい》さん、毎日の散歩は忘れずにね」「コレット、お子さんたちに毎日ヒマシ油を小さじ一杯飲ませるのよ。お通じが良くなるから」「ビルさん、重い物は持ってはダメよ。腰に負担がかかるから」

すると、ギルベルトが村人たちに声をかけた。

「面を上げてよい。私の薬師との挨拶を許す」

村人たちは感激の面持ちで顔を上げた。

「『お嬢様先生』、陛下付きの薬師様になられて、出世したんだなぁ」「『お嬢様先生』どうかお元気で」

「『お嬢様先生』、どうかお元気で」「またカロッテ村にも遊びに来てください」

彼らは口々に別れを惜しむ。

「ありがとう。皆さん。どうかいつまでも元気でね。後日、それぞれのお薬を届けさせるわね」

全員に言葉をかけ終えると、ギルベルトが馬首を返した。

「では、出立だ」

再び隊列が動き出す。

ナターリエは少しばかり感傷的になってしまう。

カロッテ村での生活は、いい思い出ばかりだった。ナターリエの気持ちを察したのか、ギルベルトがしみじみした口調で言う。

「お前は、村人にあんなにも慕われていたのだな。彼らの気持ちは理解できる。お前はいつだって、誰にも真摯で親身だ。損得なく行動するお前は、得難い美徳の持ち主だ」

常に率直な物言いをするギルベルトの言葉には嘘《うそ》が感じられず、ナターリエの胸にまっすぐに届く。

嬉しくてにっこりと彼を見上げると、ギルベルトは目元をほんのり染めて急に尊大に言う。

「だがこれからは、その気持ちは俺にだけ向けろ、いいな」

「でも……具合の悪い人がいたら、見捨てはおけないです」

つい言い返してしまう。

「む――親切なのはしかたない。だが、お前は俺の専属だということは忘れるな」

ギルベルトがナターリエの気持ちを尊重してくれるのが嬉しい。

「はい」

「よし――では、走るぞ」

ギルベルトは背筋をしゃんと伸ばすと、馬を駆け足にさせた。

「きゃあっ、怖い」

慣れない上下の振動に、ナターリエは思わずギルベルトの胸にしがみついていた。

「ははは、気が強そうで存外可愛いな。大丈夫だ。俺がしっかり支えてやる、怖いことはなにもないぞ」

ギルベルトは高らかに笑いながら、左手でナターリエの腰をがっちりと抱き抱えた。そして、右手だけで手綱を操り、さらに馬を加速させた。

夜更け過ぎに、城に到着した。

玄関前では、ミッケ始めナターリエ付きの侍女たちが勢揃《せいぞろ》いして待ち受けていた。

ギルベルトと姿を現したナターリエを見ると、ミッケたちはいっせいに駆け寄ってくる。

「ああナターリエ様、ご無事でよかったです！　心配いたしました！」

ミッケは心底安心したような声で、へなへなとその場に頽《くずお》れた。他の侍女たちも、今にも死にそうな顔でへたりこむ。

ナターリエは自分の勝手な行動が、どんなに周囲に迷惑をかけたかやっと思い知った。

「ごめんなさい……勝手に抜け出したりして、心配させてしまって、許してくださいね」

ナターリエは心からミッケたちに謝罪し、ギルベルトに顔を振り向けて懇願した。

「お願いです、彼女たちはなんの罪もありません。どうか、お咎《とが》めなしにしてください」

「お前はそう言うと思った。無事に連れ戻したのだから、もう誰を責めることもないぞ」

ギルベルトが笑みを浮かべて、まっすぐナターリエを見返してきた。

取るものもとりあえずナターリエを追いかけて来た人とも思えない、今は余裕ある態度である。

それほど、薬師としての自分の存在は重要なのだと、ナターリエは改めて肝に銘じた。

ギルベルトの唯一無二の薬師になろう。

彼をずっと健康で長生きさせることが、ナターリエの使命だ。ギルベルトの幸福な人生が、ナターリエのただ一つの望み。

もうなにがあっても逃げない——そう自分に強く言い聞かせた。

第四章　愉悦王の休暇

ギルベルトはその後、国内外の情勢が不安定なことを理由に、今しばらくは婚姻は後回しにすると公に発表した。

周囲の者たちは国を思うギルベルトの強い気持ちに打たれ、妃候補騒動もしばし鳴りをひそめた。

ただ、「ギルベルトは性的不能である。国王としてふさわしくない」という風評がたびたび城内から流されるようになった。火元は王太后周辺であったが、確実な証拠《しょうこ》は何もなかった。ギルベルト自身は平然とそれを受け流していたので、まだ大きな問題には発展しないでいたが、不穏な火種は燻《くすぶ》り続けていたのである。

それからの日々、ナターリエはぴったりとギルベルトに寄り添い、常に彼の健康に気を配るようにした。食事の栄養管理、頭痛薬の改良、そして——夜の営みの充実。

ギルベルトが性的不能であるなど根も葉もない噂であるのは、ナターリエ自身が毎晩身をもって証明していた。それどころか、ナターリエ相手だとギルベルトはとんでもなく絶倫であった。

互いの身体のことをくまなく確かめ合い、快感を分かち合った。ナターリエの官能はどんどん開かれていく。

いつか――ナターリエ以外の女性と閨《ねや》の行為が可能になれば、ギルベルトも晴れて王妃を迎えるであろう。その日もそんなに遠くないはずだ。ナターリエは夜伽《よとぎ》の相手を務めながら、そのことはしっかりと自分に言い聞かせていた。

短い期間だろうが、愛する人と夜を過ごせる幸福感は、この上ないものだった。


その日、ギルベルトと朝食を共にし自分の部屋に戻ってきたナターリエは、いつものように薬の研究を始めようと仕事部屋に向かった。

一歩部屋の中に足を踏み入れた瞬間、ナターリエは息を呑んだ。

机や椅子がひっくり返され、薬作りの道具がめちゃくちゃに破壊されてあった。大事に集めた薬草や生薬の入った瓶も全部割られ、中のものが床の上に無惨に踏み潰されている。書棚の書物はすべて床に放り出され、油のような液体がかけられてあった。

「ああっ……!?　なんてこと……！」

ナターリエは少しでも救える道具や薬草がないかと、床に這いつくばる。しかし、どれもこれも使い物にならない。

「うう……っ、ひどい、ひどいわ」

ナターリエは啜《すす》り泣《な》きながら、油の染みてしまった書物を拾い集める。貴重な古代書も多く、ページが張り付きインクが滲んで、ページを捲《めく》ることすらできない。

「ナターリエ様、どうなさいました？　あっ？」

ナターリエの悲鳴を聞きつけたミッケが部屋に踏み入り、唖然とした声を出す。

「誰がこんなことを――⁉　皆、集まってください！」

ミッケはすぐさま他の侍女たちを呼び集めた。

「皆、道具や書物を拾い集めるのです。誰ぞ、この事態をハンス一等書記官様にお伝えして！　ナターリエ様、お手伝いしますわ」

ミッケや侍女たちは、テキパキと動き始める。ナターリエはあまりの衝撃に床に座り込んだまま動けない。ミッケが気遣って、抱き起こす。そのままソファに誘導する。

「ナターリエ様は座っていてくださいませ。私たちでできる限りのご助力をいたします」

「ありがとう、ミッケ……」

長年、コツコツと集めて来た貴重な文献や薬材も多く、それらがすべて台無しにされたことで、ナターリエは茫然自失の体であった。

連絡を受けたハンスが、色を変えて飛び込んできた。

「曲者がお部屋を荒らしたのか？　ナターリエ様、ご無事ですか？」

ナターリエは悄然《しょうぜん》とうなずく。

「私は大丈夫よ、でも、大事な道具が……」

嗚咽《おえつ》が込み上げ、言葉が続かない。

ハンスは部屋の惨状を見て、深刻な表情になった。

「ナターリエ様の周囲には、信頼できる者ばかりを集めたつもりでしたが——警護をもっと厳重にした方がいいでしょう。急ぎ私は陛下にご報告して参ります」

ハンスが慌ただしく退出していく。

ミッケたちはわずかに無事だった薬品器具を丁重に拭き清め、油まみれの書物のページ一枚一枚に、吸い取り紙を挟んで少しでも修復しようと努めている。

その懸命な姿を見ているうちに、ナターリエは徐々に気持ちが落ち着いてきた。

「皆さんありがとう。私のためにこんなにしてくれて……」

「とんでもありません。ナターリエ様の一大事は陛下の一大事でもあるのです。このような卑劣な行為に負けてはなりません」

ミッケがキリリとした顔で答えた。

ナターリエはうなずいた。

「そうね、その通りだわ。幸い、一番大事な書物や薬草や道具は鞄の中に入れて持ち歩いているから、ギルベルト様のお薬はしばらくは調合できるし――泣いてなんかいられないわね。ミッケ、悪いけれどあなたたちの控え室の机を借りるわね。せめて今夜の分の陛下のお薬を調合しなくちゃ」

立ち上がったナターリエを、ミッケが励ますように明るい声を出した。

「それでこそ、ナターリエ様です」

控え室で鞄の中から道具を取り出して薬の調合をしているところへ、突然、険しい表情のギルベルトが入ってきた。

「曲者がお前の部屋に侵入しただと⁉」

わざわざ公務を抜けてきたのだろうか？　ナターリエはギルベルトに心配をかけまいと、作り笑いをした。

「強盗かもしれません。私の部屋など金目のものなどなにもないのに、怪しげな生薬や古臭い書物ばかりなので、さぞがっかりしたことでしょうね」

冗談に紛らわそうとしたのだが、ギルベルトはニコリともしない。

「強がるな。道具も書物も、お前が我が身同然に大切にしているものではないか？　人の尊厳を踏《ふ》み躙《にじ》るなど、断じて許し難い」

ギルベルトのこめかみに青筋が浮いている。心底怒っているのだ。彼がナターリエの気持ちを代弁してくれたことが、心に沁《し》みた。

「う……」

涙が溢れてきた。ギルベルトが受け入れるようにさっと両手を差し出した。思わず彼の胸に飛び込んでいた。

「ひどい……悔しい……大事に大切にしてきたのに……」

泣きじゃくるナターリエの背中を、ギルベルトがあやすように撫でた。

「可哀想《かわいそう》に——泣いていいぞ。薬のことなど気にするな。しばらく呑まなくても、頭痛など命にかかわることではない。お前が悲しむ方が、俺は辛い」

「ギルベルト様……」

ナターリエを抱きしめながら、ギルベルトは低い声でつぶやく。

「なにより、国王のプライベートエリアにやすやすと侵入された事が重大問題だ。誰か、俺の周囲に手引きしたものがいたのだ」

いつの間にか傍に控えていたハンスが、重々しく答えた。

「陛下、今後はさらに厳重に警戒をさせます。これは私の手抜かりでもありますから」

「うむ、頼む。それと、ナターリエは当分俺の部屋に匿《かくま》おうと思う」

「え？」

ナターリエは思わず涙が引っ込んだ。

「万が一を考えると、俺の側に置くのが一番安全だ。俺はこの国一番の剣の使い手だ。護衛には適任だぞ」

「そ、そんな恐れ多いこと……」

「馬鹿者。お前は唯一無二の俺の薬師ではないか。失ったら困るのは俺の方だ」

ギルベルトは憤然と言い返した。

「ミッケたちには、毎日俺の部屋まで通うようにさせる。その際には、厳重な身体検査も行おう。とにかく、お前の身の安全を確保できるまでは、しばらくはそうしろ」

「でも、お薬を作るにはそれなりの場所と道具が必要で――」

「俺の書斎を明け渡す。すぐには整わないかも知れないが、当座の道具類はすぐに用意させる。ハンス、すべて頼むぞ」

「承知しました」

ハンスは素早く退出していった。さすがギルベルトだ。判断が早い。

ナターリエにはとにかく薬を調合できることが最優先なので、当面はギルベルトの言う通りにすることにした。

ギルベルトに手を引かれて自分の部屋を出たところで、廊下でばったりとアーラン神官と出くわした。

ギルベルトは素早く、ナターリエを自分の背後に匿うようにした。王家を離脱したとはいえ国王の兄である。ナターリエはアーラン神官に向かって恭しく頭を下げた。

「兄上――いや、アーラン神官殿。なにか御用向きか？」

ギルベルトの質問に、アーラン神官は気弱げに目線を逸らせながら、ぼそぼそと答える。

「日課の祈りが終わったので、陛下のご機嫌伺いにきたのです」

「そうか、ご苦労。俺は息災である」

ギルベルトは儀礼的に答えた。

「それはようございました。では、私は失礼いたします」

アーラン神官は一礼して踵を返そうとして、ふと振り返る。

「雨が降りそうですので、外出にはお気をつけください」

それだけ言い残すと、足早に去っていった。

ギルベルトはじっとアーラン神官の背中を見つめている。

ナターリエは、以前、ギルベルトの部屋のバルコニーから抜け出てきたアーラン神官のことを思い出す。あの時は、気のせいか見間違いかと思ったが、なにかいわくありげなアーラン神官の挙動に、不信感が湧いた。

アーラン神官は王太后の実子だ。ハンスから王太后はギルベルトに反感を持っていて、アーラン神官を還俗させ、王位に就けたいと切望していることを聞いている。もしかしたら、アーラン神官は王太后の指示で、ギルベルトの身辺を探っているのかもしれない。

（まさか、そんなこと……異母とはいえ血の繋がった兄弟ですもの。私ったら、仕事場が荒らされたので心が乱れているのだわ。考えすぎよね……）

ナターリエは即座に疑念を打ち払った。

その日は晩餐まではギルベルトの私室の居間で、無事だった医学書を読んで過ごした。

晩餐の後は、二人揃ってギルベルトの私室に戻った。

「今日はいろいろ大変だったな。早く休むといい。ミッケたちを呼ぶので身支度して、俺の浴室でゆっくり寛《くつろ》げ。俺はもう少し片付ける執務が残っているから、後でいい」

ギルベルトはそう言い置くと、執務室へ戻って行った。国王であるギルベルトに気を使わせるなんて、申し訳なくてたまらない。だが、今夜は心身ともに疲れ果てたので、彼の言葉に甘えることにした。

ギルベルトと入れ替わりに、ミッケたちが現れた。ミッケは仕事部屋の現状を報告する。

「ナターリエ様、壊れてしまった道具類や破壊された生薬などは残念ながら、廃棄するしかありませんでしたが、傷んだ書物はすべて修復可能だということです」

ナターリエはぱっと表情を明るくした。

「まあ、そうなの？」

「はい。王室には、骨董品《こっとうひん》や美術品などを修復する専門の職人たちがおります。陛下直々に、彼らに頼んでくださって、ナターリエ様の蔵書はすべて元通りにしてくれるそうですよ」

「ああ、嬉しい……！」

王城には高価な美術品や絵画、骨董品などが多数ある。そのために、一流の修復師たちが集められているとは聞いていた。だが、一介の薬師の私物である。そこまでしてもらっていいのだろうか。ありがたくもあるが申し訳なさも先に立った。

着替えをして、浴室に案内される。

広々とした大理石造りの浴室。天井には一面星座を模した壁画が描かれてある。床は青と白のタイル張りである。プールかと見紛うばかりに広い金張りの浴槽が置かれてあった。そこに並々と湯が張られ、一面に良い香りのする白薔薇の花弁が浮かんでいた。

さすが国王の使う浴室は格段な豪華さだ。

恐縮しながら、湯船に浸《つ》かる。

「ああ……気持ちいいわ」

「ナターリエ様、私どもがいると落ち着かれないでしょう。しばし、お一人でお寛ぎください」

ミッケが気をきかせ、侍女たちと共に浴室から出て行った。

「ふう……」

今日一日、いろいろなことがあったせいで疲れ果てた身体に、熱い湯が心地よく沁みる。昼間からの緊張もほぐれていく。

のびのびと手足を伸ばして湯に浸かっているうちに、瞼が重くなってうとうとしてしまう。

「いつまで浸かっているつもりだ。ゆでだこになってしまうぞ」

低い声で耳元でささやかれ、ハッと目が覚めた。

浴槽の縁に頬杖をついてギルベルトがこちらを凝視していた。彼はバスローブ姿だった。

「きゃあっ」

不意打ちを喰《く》らって、ナターリエは赤子のように身を縮めた。あまりに長風呂なので、ギルベルトは待ちくたびれたのだろう。国王の風呂を先に使いあまつさえ待たせるなんて、とんでもない不敬行為だ。

「今すぐに出ますから、洗面所でお待ちくださいっ」

「そんな必要はない。このまま一緒に入ろう」

「いえ、そんなの恥ずかしいです……」

「なにを今さら恥じらっている。俺は、お前の太腿の付け根にあるホクロの数まで知っているぞ」

「そ、そういうことを言わないでくださいっ」

「ふふ――そういう初心なところが可愛らしい」

ギルベルトはさっとガウンを脱ぎ捨て、彫像のように整った裸体を惜しげも無く晒した。そのまま浴槽を跨ぐと、ナターリエの背後に回って腰を沈めてきた。

ざあっと白薔薇の花弁を浮かべた湯があふれ出た。体格のよいギルベルトが入ったせいで、湯の半分は溢《あふ》れ出てしまった。ギルベルトは浴槽の縁に両手を預けると、大きくため息をついた。

「ああ生き返るな」

ナターリエはじりじりと浴槽の端に移動し、なるだけ身を丸くした。

「そんな端っこに行かなくてもいい。こっちへ来い」

「でも……」

「二人で寛ごう。いや、お前は今日はさんざんな日だったのだ。俺が洗ってやろう」

「いいえ、いいえとんでもない、一人で洗えます」

「やらせろと言っている」

ギルベルトは焦れたような声を出すと、ぐいっとナターリエの腰を抱き寄せた。背中がぴったりとギルベルトに密着する。

「あ……」

「そら、身体の力を抜け」

ギルベルトは薔薇の香りのするシャボンを手に取ると、両手で泡立てた。そして、その泡を背後から手を伸ばし、ぬるぬるとナターリエの身体になすりつける。首筋から肩、腕、脇腹と、ギルベルトは手際良く泡を塗りたくり、両手でナターリエを優しく揉みほぐした。

「ん……」

「どうだ？　気持ちいいか？」

「は、はい……あちこちの凝りが消えていきます」

「だろう？　俺は馬のマッサージが上手《うま》いんだ。捻挫した馬でも、俺のマッサージで走れるようになったんだ」

ギルベルトが自慢そうに言う。

「私は馬並みですか？」

ナターリエが肩越しに顔を振り向け唇を尖らせると、ギルベルトがニコリとした。彼はその尖った唇に素早く口づけした。

「『愉悦王』のマッサージを受けられる人間は、お前だけだぞ」

ギルベルトの両手が、ふいに乳房を包み込んでむにゅむにゅと揉んできた。

「あ、ん、だめです、お戯れはっ……」

「ここも凝っているだろう？」

彼の指先が、乳首を掠めて撫でてくる。

「あ、んん、や、だめ……んっ」

敏感に感じてしまい、身をくねらせて彼の腕から逃れようとした。

「こら逃げるな」

ギルベルトが引き寄せて抱きしめる。

「もうっ、寛げませんからっ」

「すまんすまん、もう悪戯はしない」

「あの、お返しに私もお身体を洗って差し上げましょうか？」

ギルベルトが口元を緩める。

「ありがたいな」

ナターリエはシャボンをたっぷり泡立てると、両手でギルベルトの身体に塗りたくり、丁寧に擦った。たくましい首、広い肩、腹筋の割れた腹部、筋肉の盛り上がった腕、と順番に洗っていく。ギルベルトは大人しくされるがままである。下腹部まで辿り着くと、さりげなく脚に移動して、指先まで洗い上げる。脇の壁に取り付けられているライオン型蛇口から、湧き出るお湯を両手で掬《すく》っては泡を洗い流した。

「さあ終わりました」

満足して息を吐くと、ギルベルトは自分の股間を指差し、少し不服そうに言う。

「ここを忘れているぞ」

「そこは、ご自分でどうぞ」

ナタ―リエは顔を真っ赤にさせて、首をふるふると振った。

「ふふ――照れるお前も可愛いぞ」

ギルベルトはナタ―リエを抱き寄せ、濡れた髪に顔を埋めて甘い匂いを胸いっぱいに吸った。しばしそのままじっとしてから、耳元で小声でささやく。

「ところで――俺は来月から地方視察に出ることにした」

「視察ですか？」

「ああ半年に一度、地方自治体を巡るんだ。首都と王城にばかりいては、国の全体像が掴めぬからな。国の隅々まで、民の声を聞いて回りたい」

「大事なことですね――どのくらいかかるのですか？」

「今回は、南の海岸地方を視察するので、ひと月ばかりかな。南の海岸地方には、王家の別荘がある。視察を終えたら、その別荘で数日休暇を取ると決めたんだ。どうだ？」

「それがいいですわ。陛下は即位してから、ずっと働き詰めであられましたもの」

「うむ。ここらで少し、休むことも必要だろうな」

ギルベルトが目を細めた。

「海の見える別荘は素晴らしい景観だぞ。お前に海の夕暮れを見せてやりたいな」

「海、ですか──そういえば私は、実物を見たことがないんです」

「そうだと思った。だから海岸地方にしたんだ」

「わかりました。では急いで、ひと月分のお薬の作り置きをいたしますね」

「なにをとぼけたことを言っている。お前も一緒に行くんだ」

「えっ？　私もですか？」

「お前は俺の専属薬師だぞ。当然だろう」

「そ、それはそうですが……せっかくの休暇に、私などお側にいては邪魔ではありませんか？」

「俺はお前が邪魔だと思ったことなど一度もない。それに、今日の事件を考えると、しばらくお前を王城から遠ざけた方が安全だと思ったんだ。その上、地方に行けば、お前の探している珍しい薬草もあるかもしれぬ。いいことずくめだろう？」

薬草と聞くと、まるで骨を与えられた犬みたいにナターリエは反応してしまう。

「海──薬草──ああ、なんだかワクワクしてきます」

「そうだろうそうだろう。それに、もっとワクワクすることが待っているぞ」

「え、なんでしょうか？」

「それは出かけてのお楽しみだ──さあそろそろ上がるか。風邪を引いてしまう」

ギルベルトは腕を伸ばして床に脱ぎ捨てたガウンを拾い上げると、それでナターリエをくるみ、軽々と横抱きにした。

「このまま、寝室へ行こう」

「えっ？」

「さっき触れてくれなかったので、ここがかなり憤っているぞ」

ギルベルトが股間をナターリエのお尻あたりに押し付けてきた。そこは興奮に硬く漲っていた。熱い感触に、背中がぞくりと震える。

「あ――」

「ふふ、お前は触れなくても、俺を立派にさせるな。素晴らしい薬師だ」

ギルベルトはナターリエの髪や額に口づけしながら、浴室を出てまっすぐに寝室へ向かう。

そして、もつれこむようにベッドに倒れ込み、本格的な口づけを始めるのであった。同時に、乳房をくたくたに揉みしだいてくる。

「んふぅ、あ、ギルベルト様、だめ……ぁ、あ」

性急な彼の愛撫《あいぶ》に戸惑いながらも、愛する人から熱く求められると思えば、ナターリエの気持ちもみるみる昂っていくのだった。

甘い陶酔に落ちながら、もしかしたらギルベルトはナターリエの身の安全を守るために、しばらく城を出ることにしたのではないか、とふと思い至った。

だがすぐに、一介の薬師のためにそこまではしないだろう、と考え直してしまった。


二週間後。

ギルベルトは地方視察の旅に出立した。もちろん、ナターリエも同行する。

城の留守はハンスや臣下たちに任せ、ナターリエの身の回りの世話をするためにミッケも旅のお伴をすることになった。

腕に覚えのあるより抜きの近衛兵たちを護衛に付け、ギルベルトは王家専用の四頭立ての豪奢《ごうしゃ》な馬車に乗り込んだ。何故かナターリエも同じ馬車で行くことになってしまった。

国王陛下と同じ馬車に乗るなんて、まるで王妃のようではないか。ナターリエは最初固辞したのだが、車中でなにかあった時のためにと言いわれると、拒みきれなかった。

ギルベルトの方はひどくご満悦なので、彼の精神衛生のためにはいたしかたないと諦めた。

どの地方に出向いても、ギルベルトは民たちから熱烈な歓迎を受けた。

沿道には歓迎の垂れ幕やグーテンベルク王国の旗を手にした民たちが、歓声を上げて国王一行を出迎える。

ギルベルトは馬車から顔を出し、民たちの歓呼ににこやかに手を振って応える。

ギルベルトが宿泊予定の街や村は、迎えるための準備にかつてないほどの活気を呈した。

彼が即位してから、グーテンベルク王国はますます繁栄を極めていた。

ギルベルトは、これまでの歴代の国王の敷いた首都中心の政策を改め、地方主権改革に力を入れた。ともすれば、経済や産業が首都一極集中になりがちなところを、地方にも分散させ、国民に平等に豊かな生活を与えることを目指したのだ。

若くまばゆいばかりの美貌に加え文武両道の国王ギルベルトは、民たちにとって未来の希望の象徴になっていた。

ナターリエはギルベルトの傍で、その一部始終を見ていた。

民たちに尊敬され愛されている彼の姿は、我がことのように誇らしかった。この偉大な若き国王の健康を、自分こそが守って支えているのだと思うと、胸が熱くなる。

さらに精進して、ギルベルトにふさわしい立派な薬師にならねばと、気持ちも新たにするのだった。

ほぼひと月にわたる地方視察の最後に、一行は海岸に建てられた王家の別荘に到着した。

この辺りの地形は遠浅で、満潮時になると石造りの道が海に沈み、城には行けないようになっていた。そのため、周囲の人々は「海に浮かぶ城」と呼《よ》び慣《なら》わしている。要塞としての機能も果たしているのだ。

引き潮時、一行は浮かび出た道を辿り別荘に入った。

別荘には常に王家付きの管理人たちが在住し、王家の人間がいつでも宿泊できるように整えてある。

別荘の玄関前に馬車が止まると、先に下りたギルベルトが、ナターリエに手を差し伸べた。

「ようこそ、『海に浮かぶ城』に。さあおいで」

「はい」

ギルベルトの手を借りて馬車を下りたナターリエの顔を、さあっと潮風がなぶった。

「まあ、おとぎの国のお城のよう……」

こじんまりとしてはいるが、ステンドグラスに囲まれた高い天井は荘厳で、窓が多く城内は明るい。

大理石仕立ての廊下や壁はすっきりとして、余分な装飾はない。荘厳な三層になるアーチ状の回廊からは海が見渡せる。

「俺の部屋は最上階だ。お前も同じ部屋だ」

ギルベルトはナターリエの手を引いて、螺旋《らせん》階段を上っていく。ミッケたちや護衛は、二人の後ろを少し離れて付き従う。

「屋上に行こう」

気がつくと、いつの間にか二人きりになっていた。

屋上からは海が一望できた。コバルトブルーの水面がキラキラと輝いている。無数の白い海鳥がのんびり飛翔《ひしょう》している。

「すごい、なんて広い……！」

ナターリエは手すりから身を乗り出すようにして、美しい景色に見惚《みほ》れた。その様子を、ギルベルトが目を細めて見ている。

「俺もこの城に泊まるのは久しぶりだ。これまで、海をじっくり見る時間もなかった——確かに美しい。心が洗われるようだな」

ナターリエはギルベルトを振り返り、紅潮した顔で声を弾ませる。

「せっかくの休暇です。ギルベルト様は心ゆくまで寛ろいで下さい。そうだわ、昼食はここで摂りましょう。こんな眺めの良いところで食事をすれば、食欲も増すし消化にもいいですもの」

「わかった、お前の好きにするがいい」

ギルベルトが鷹揚に答えた。

『海に浮かぶ城』での休暇は、素晴らしいものだった。

二人は早起きして、海辺を散歩した。たくさん歩くとお腹も空いて、食欲ももりもりとわいた。視察の旅に同行した腕利きのシェフは、豊富な海産物を使った美味しい料理をふんだんに出してくれた。

午後は、お弁当を持って海水浴に出かけたりもした。ギルベルトは泳ぎが得意で、すいすいと海を泳いでいく。ナターリエは日傘をさしながら、浜辺でギルベルトの泳ぎを熱心に眺めていた。時折、彼が泳ぎながらこちらへ手を振ってくれたりすると、ナターリエも大きく手を振《ふ》り返して応える。泳ぎ疲れれば、浜辺で日向《ひなた》ぼっこをする。ギルベルトはナターリエの膝枕で、心地良さそうに昼寝を貪る。この城に来てからのギルベルトは、いっとき国王であることを忘れたかのように、のびのびと振る舞った。

夜は、食後に屋上で月を眺めたり、居間で読書したりしてゆったりと過ごす。眠るときは同じベッドで抱き合い、官能の悦びを分かち合う。

ギルベルトのお相手を務めながらも、ナターリエは自分の本職を忘れたことはない。

海辺では、書物でしか見たことのなかった薬の材料がいろいろ手に入るのも嬉しい。鮑《あわび》や蛤《はまぐり》、牡蠣《かき》などは生薬として効能がある。他にも、烏賊《いか》やタツノオトシゴなどは滋養にも優れている。ナターリエは近隣の漁師たちに頼んで、さまざまな生薬の材料を手に入れて、ほくほく顔であった。

短い休暇はあっという間に終わりを告げる。

最後の日の夕方、ギルベルトはナターリエを屋上に誘った。

「当分はここに来ることもないだろう。最後に夕景を一緒に見ないか？」

「はい」

二人は屋上に並んで、日没の海の風景を眺めた。

空も海も見事なオレンジ色に染まり、幻想的だ。

ナターリエは隣に立っているギルベルトをちらりと見た。

少し日焼けして精悍《せいかん》さを増した横顔は、うっとりするくらい美麗だ。

ギルベルトは落日に目を据えながら、ふとつぶやく。

「母上は――俺が五歳の頃、お気に入りの宮廷楽師と駆け落ちしたことがある」

「えっ……？」

ナターリエは思わずギルベルトを見遣った。彼が自分の過去を話すのは、初めてのことだ。

ギルベルトは表情を動かさず、ぽつりぽつりと語り出した。

「無論、すぐに父上の追っ手がかかり、二人は捕らわれて城に連れ戻された。宮廷楽師は国から追放され、母上は城奥の別宅に閉じ籠もってしまった。この事件は父上が王家の醜聞だとして、極秘にされた。その後病で亡くなるまでの七年間、母上は一度も俺に会いに来なかった――母上は実の子どもより、愛する男を選んだのだ。あれ以来、俺は女性に対してずっと不信感と嫌悪があった」

「そうだったんですね……」

ギルベルトが性的不能に陥った要因は、幼少期のトラウマにあったのだ。なんと言葉をかけていいかわからない。いつも尊大な彼の表情にふと垣間見《かいまみ》る孤独な影の原因が、わかったような気がした。

「だが――お前は違う」

ふいにギルベルトがこちらに顔を振り向け、視線が合ってしまった。ずっと横顔を見つめていたことがバレて、ナターリエは赤面して目をそらした。

するとギルベルトが少し固い声で言った。

「こちらを向け、ナターリエ」

「は、はい」

二人は見つめ合った。

ギルベルトの青い瞳に夕陽《ゆうひ》が照り映えて光っている。脈動が速まってしまう。

ギルベルトはしばらく沈黙していた。なぜか、彼が緊張しているような気がした。

しばらくして、ギルベルトは軽く咳払いして、なにか話し出そうとした。

「あっ――」

ナターリエは、ギルベルト背後の手すりに目をやり、思わず声を上げてしまう。ギルベルトが言葉を飲み込み、眉を顰めた。

「な、なんだ？」

「私ったら、屋上でタツノオトシゴを干していたことを、すっかり忘れていました」

ナターリエはさっとその場を離れ、手すりにずらりと並べて干してあったタツノオトシゴを一枚一枚重ねていく。

「こんな貴重な薬材を忘れて行ったら、大変でした。これでギルベルト様にいっそう滋養をつけていただかねばなりません」

せっせとタツノオトシゴを集めているナターリエの背中を、ギルベルトがじっと見つめている。背後で彼がはあっと、大きくため息を吐いた。

「まったくお前というやつは――俺がせっかくロマンチックな雰囲気を出していたというのに、全部無駄になった――」

いまいましげな口調に、ナターリエはきょとんと振り返った。

「え?」

ギルベルトは少し震える声で言った。

「俺と結婚してくれ、ナターリエ」

「は――?」

ナターリエはぽかんと口を開けてしまう。

ギルベルトは繰り返す。

「結婚してくれ」

ナターリエは目をぱちぱちさせた。あまりにも予想外の言葉に、すぐには反応できなかったのだ。

両手に干したタツノオトシゴを握ったまま、間抜けな声を出してしまう。

「どうしてですか?」

それまで殊勝な表情だったギルベルトが、かっと顔を紅潮させて怒鳴った。

「そんなの、お前が好きだからに決まっているだろう⁉」

「え――」

手からばらばらと干物が落ちた。

ギルベルトが苛立たしげに金髪をくしゃっと掻き回した。

「ああくそ、なにもかも台無しではないかっ。俺にはお前が必要なんだ。だから、一生側にいろと言っているんだ！」

ナターリエは頭が大混乱してしまう。

「私は薬師として、ギルベルト様に生涯お仕えする所存です」

「違う！　お前がいいんだ、お前にしか欲情しないんだ！」

「ででも……そのうちきっと、ギルベルト様は他の女性にもそうなります。だから……」

「馬鹿者！」

やにわにギルベルトががしっと肩を掴んできた。がくがくと揺さぶられる。

「お前以外の女など眼中にないんだ！」

「え」

やっとギルベルトの言葉が脳内に沁みてきた。だが、まだ信じられない。

「わ、私なんかの、どこが好きなんですか？」

「どこもかしこもだ。飾り気がなくとも愛らしい容姿も、人に媚《こ》びないところも、いつも真っ直ぐで一生懸命なところも、思い込みが激しくて少し鈍感なところも、全部好きだ！」

ギルベルトは息を弾ませながら、言い放った。

「要するに──お前を愛している。お前だけを愛しているんだ！」

「う……ぁ」

喉の奥が張り付き、変な声が出てしまう。ずっと恋していた人に、愛を告白されているなんて──胸の中に純粋な喜びが湧き上がり、次の瞬間悲しみが溢れてくる。涙が込み上げてきた。

「そんなの……無理です」

「なぜだ？」

「私なんか、一介の伯爵家の薬師でしかありません──」

「俺の唯一無二の薬師だ」

ギルベルトが真剣な眼差しで見つめてくる。

「それとも、お前は俺ではダメなのか？」

ナターリエの目からほろほろと涙が零《こぼ》れ落ちた。

「いいえ、いいえ」

「では、俺でいいんだな？」

ナタ－リエはこくんとうなずく。

ギルベルトがほっと息を吐き、それからいつもの不遜な表情に戻って言う。

「俺はきちんと告白した。お前もちゃんと口で言え」

「う……」

ナタ－リエは恥ずかしさで顔から火が出そうだったが、勇気を振り絞る。

「す、好きです……」

ギルベルトが不満げに鼻を鳴らす。

「もっと色気のある言い方をしろ」

ナタ－リエは涙を呑み込み、震える声で言った。

「ギルベルト様を愛しています——初めてお会いした時から、ずっとお慕いしていました」

ギルベルトが満面の笑みになった。

「よし、それでいい」

彼の大きな両手が、ナタ－リエの顔を包み込んだ。美麗な顔が寄せられ、唇がそっと重なる。

温かく甘やかな感触に、ナタ－リエの心臓は破裂しそうなほどばくばくする。

「愛している、俺のナタ－リエ、俺だけのナタ－リエ」

ギルベルトは低く艶めいた声でささやき、優しい口づけを繰り返す。

ナターリエはあまりの至福に、もうここで死んでもいいとすら思った。

ギルベルトがぎゅっと抱きしめてきた。彼はナターリエの髪に顔を埋め、幸福そうにつぶやいた。

「ああ——今ここで死んでもかまわないな」

ナターリエとまったく同じ気持ちなのだ。感動して、全身がかあっと熱くなった。両手をギルベルトの背中に回し自分からも抱きしめ、泣き笑いで言う。

「死なれては困ります。これからずっと、ギルベルト様は、私が長生きさせて差し上げるんですから」

「と言うことは、お前こそが俺より先に死んではならぬということだ、必ずだぞ」

「はい……」

二人は夕陽が西の空に落ちるまで、じっと抱き合っていた。

ギルベルトはナターリエの頬に残る涙を唇で吸い上げ、耳元でささやく。

「このまま——ベッドに行かぬか」

先ほどから、ナターリエの下腹部にごつごつと当たるギルベルトの欲望の漲りは感じていた。

恥じらいながらうなずこうとして、あっと思い出す。

「あ、すっかり貴重な干物のことを忘れていました」

ナターリエは残照の光をたよりに、床にしゃがんで散らばったタツノオトシゴの干物を掻《か》き集《あつ》め出

す。

「まったく、お前は――根っからの薬師なのだな」

ギルベルトは苦笑しながらも、自分も腰を下ろして一緒になって干物を拾ってくれた。

「そら、これで全部だ」

手渡された干物を受け取り、にっこりする。

「ありがとうございます」

「ふふ――可愛いな」

ギルベルトが啄《ついば》むような口づけをしてくる。

「ふふっ」

ナターリエも照れ臭くも嬉しく、口づけを返した。

この海、この夕景、ギルベルトの告白、そしてタツノオトシゴの干物のことを、一生忘れまい――

ナターリエは心に刻みつけるのだった。

その晩、ミッケに夜の支度をしてもらう時、ナターリエは恥じらいながらも自分で夜着を選んだ。

羽のように軽いシルク素材で、袖なしで胸の襟ぐりが深く、くっきりと身体の線が透けて見えるかなり婀娜《あだ》っぽいデザインだ。これまで恥ずかしくて、決して袖を通そうとしなかったものだ。

「あの――今夜はこれを着ていくわ」

「まあ、照れ屋なナターリエ様がこのような刺激的な夜着をお選びになるなんて、どういう風の吹き回しでしょう」

ミッケは目を丸くする。ナターリエは耳まで真っ赤になる。

「ギルベルト様がお喜びになるかと思って……」

聡《さと》いミッケは、なにかを感じ取ったようだ。ニコニコしながら言う。

「ようございますね。では、髪の毛をピン一本で結い上げましょう。これを抜くと、髪がさっと解けてとても刺激的に見えますよ。ついでに、この悩ましい香りのパフュームも付けていかれるとよろしいでしょう」

ミッケの協力で、これまでにない色っぽいナターリエが仕上がった。

少しドキドキしながらギルベルトの寝室へ赴く。愛を告白しあった直後なので、やけに緊張してしまう。ドキドキしながら扉をノックし、中に足を踏み入れた。

ギルベルトはすでにナイトガウンを羽織った姿で、ベッドに腰を下ろして待っていた。ベッド側の窓から月明かりが差し込み、ギルベルトの姿を銀色に浮かび上がらせ、まるで一幅の名画のような佇まいだ。

彼はナターリエを見遣り、目を細める。

「今夜のお前は、なんだか別人のようだ」

「はい、今夜はいつもと違う私をお見せします」

ナターリエは心臓を高鳴らせながら、はらりとガウンを脱いで足元に落とした。

「お――」

ギルベルトがかすかに息を呑む。

肌に纏《まと》わり付く絹の夜着は、ナターリエの豊かな乳房の赤い頂や太腿の狭間の薄い茂みまで、くっきりと透けて見せている。

ナターリエは羞恥に頬を染めながらも、できるだけ悩ましい声を出した。

「いかがでしょう?」

ギルベルトが微笑む。

「素晴らしい――世界中の男がお前に堕《お》ちてしまうだろう」

彼が両手を差し伸べる。

「だが、お前を独り占めできるのは俺だけだ、おいで」

艶っぽく振る舞うのも限界で、ナターリエは恥ずかしくてギルベルトの胸に顔を隠すようにして抱きついた。ナターリエを膝に抱き上げたギルベルトは、髪に顔を埋めて深く息を吸う。

「愛している、お前のすべてを愛している」

額やこめかみに口づけを落としながら、ギルベルトが色っぽくささやく。その声だけで、ナターリエの下腹部はつーんと甘く痺れ、せつない疼きが湧き上がってしまう。

「この髪も――」

ギルベルトが髪を纏めているピンをすっと抜く。長い赤色の髪が、さらりと解けて腰の辺りまで垂れていく。ギルベルトは薄い耳朶《じだ》に口づけしながら、

「この小さな耳も――食べてしまいたいほど可愛い」

ギルベルトはぱくりと耳朶を咥え込むと、濡れた舌で耳殻に沿って舐め回す。ねっとりした舌の感触に、腰がぞくんと震えた。

「あ、ん、や……」

「耳も感じやすくなったな」

ギルベルトは耳裏から細い首筋にゆっくり舌を這い下ろしていく。擽ったいようなむず痒いような感覚に、肩がぴくっと竦んだ。

「んぅ、んっ……」

ギルベルトの手が薄い夜着の前合わせのリボンをしゅるしゅると解いていく。滑らかな夜着は肌にまとわりつきながら、するりと床に落ちた。

「お前の全部を、味わわせてくれ」

ギルベルトはナターリエの背中に右手を添え、そっとシーツの上に仰向けに寝かせた。

月明かりがナタ―リエの白い裸体を浮かび上がらせる。ギルベルトの視線が舐めるように全身に注がれる。

「あ、あまり、見ないで……ください」

なんだか鑑賞物にでもなったみたいで、ナターリエはドキドキが止まらない。

「いや、なにもかも見てやろう」

ギルベルトは身を屈めると、華奢《きゃしゃ》な肩口に口づけを落とし、両手でやわやわと乳房を揉んできた。

彼の指先が掠めるように乳首を爪弾くと、チリチリした刺激が走り、みるみるそこが硬く尖ってくる。

「あ、あん……ぁ、あ」

いじられただけで、悩ましい鼻声が漏れてしまう。

ギルベルトの顔が乳房に埋められ、凝った乳首を咥え込んで舌で弾いたり吸い上げたりする。子宮の奥がきゅーんと甘く疼いて、身悶えてしまう。

「や……そんなに、吸っちゃ……」

「吸われると、気持ち悦いだろう?」

ギルベルトは掬《すく》い上げるような視線で、上気したナターリエの表情を眺める。

彼は乳房を揉みしだきながら、顔をさらに下ろしていく。脇腹から臍の周りを舌が舐め回し、白い肌を吸い上げると、それだけで腰が蕩けそうに感じてしまう。

「あん、あ、や、お臍、いや……ぁ」

「こんな小さな窪《くぼ》みでも感じるか？」

ギルベルトが嬉しげな声を出し、さらに舌先を尖らせて臍の窪みを丁重に舐めてきた。痺れるような刺激が下腹部を襲ってきて、ナターリエは全身を波打たせて喘いだ。

「あ、あぁ、あ、だめぇ、やめてぇ……」

「ここも悦いのか、もっとしてやろう」

ナターリエの顕著な反応に気をよくしたのか、ギルベルトは執拗に臍を舐めてきた。彼の舌が臍の周りを這い回るたびに、腰がぴくんぴくんと跳ねてしまう。同時に、蜜口がきゅうっと締まり媚肉がじっとりと濡れてしまうのがわかった。

「あっあ、あ、や、あ、も……うっ」

ナターリエは髪をぱさぱさと振り乱し、甘く啜《すす》り泣く。

「可愛い声で囀《な》くな——その声、もっと聞かせてくれ」

ギルベルトはようやく臍を解放し、下腹部の肌を味わいながら、ナターリエの足を持ち上げて立て膝にさせた。そのまま膝を割って、足を開かせる。

「あ、あ……あ」

花弁が開いて、そこに滞っていた愛蜜がとろりと溢《あふ》れ出した。

ギルベルトはナターリエの股間に顔を寄せ、くんくんと鼻を鳴らした。

「甘くていやらしい匂いがぷんぷんしているぞ」

「うう……言わないで……」

羞恥に肌を桃色に染めながらも、ナターリエは次に来るであろう秘所への刺激を期待して、身震いしてしまう。

しかし、ギルベルトは柔らかな内腿《うちもも》に口づけをしながら、そのままさらに下へ顔を移動させてしまう。

「あ、ん」

思わず不満げな声が漏れてしまった。

「ふふ――いやらしいことを期待していたか？　でも、まだおあずけだ」

ギルベルトは意地悪い声を漏らし、ナターリエの右足を持ち上げた。足先に彼の熱い息遣いを感じる。直後、ぬるついた口腔に足の指が咥え込まれた。

「や、んっ」

ぬるぬると指先から指の間まで舌が這い回ると、怖気《おじけ》のような震えが足先から背中を駆け抜けていく。

「だめぇ、足、なんか……」

右足を引こうとすると、逆に強く引き戻された。

「お前の身体は、どこもかしこも甘くて美味だ」

ギルベルトは足指から、くるぶし、足の甲まで丁重に舐め上げる。足裏まで舌が這いずり回り、擽ったさまでが官能の刺激にすり替わった。

「んっ、んんっ、んぅ」

舐められていない方の足先までが、感じ入ってぴーんと突っ張ってしまう。

ギルベルトの舌はまるで淫らな魔法のように、ナターリエの全身を官能の塊に変えていく。

ギルベルトが両方の足を舐め終わる頃には、ナターリエは感じすぎて息も絶え絶えになっていた。

「は、はぁ……こんなの……ひどい……わ」

ぐったりシーツに身を沈めたナターリエを、ギルベルトが満足げに見下ろす。

「ふふ、全身が薄桃色に染まって、とてもそそるな」

彼はナターリエの両足の間に身体を押し込み、今度はふくらはぎから膝頭、膝裏へと、舌で舐め上げてきた。

「あぁ、は、はぁ……ぁ」

じりじりとギルベルトの舌が核心部分に接近していく。

彼の息遣いが股間に感じられると、猥りがましい期待にそれだけで媚肉がひくついてしまう。まだ触れられていないのに、花芽がどくどくと脈動し、はしたなく快感を生み出してしまう。

ギルベルトの顔が股間に潜り込み、彼の視線が熱く感じられるだけで、媚肉がきゅんきゅん疼いて新たな愛液が溢れてきて股間をとろりと濡らす。

「花弁がすっかり開いて、もうぐしょぐしょに濡れている」

「や……そんなに見ないで……」

「だめだ、もっと見てやろう」

ギルベルトは両指で充血してぽってり膨らんだ陰唇を押し広げた。蜜口からさらに淫蜜がこぽりと溢れてしまう。

「やああっ、見ないでぇ」

ナターリエは思わず両手で顔を覆ってしまった。

「お前の奥の奥まで丸見えだ。真っ赤に熟れてひくひくしている。もう欲しくて仕方ないという風情だ」

「やめて……」

恥ずかしいことを言われているのに、身体はどうしようもなく昂り疼き上がっていく。

「そら、お前の一番感じる小さな蕾を舐めてやろう。よく見ているんだ」

命令口調で言われ、思わずナターリエはそろそろと両手を外し、自分の恥丘に目をやった。

ギルベルトが赤い舌を突き出し、こちらに猥りがましい眼差しを送ってきた。

「いい子だ、目を逸《そ》らさないようにな」

「あ……ぁ、や……」

　恥ずかしくて堪らないのに、ギルベルトの舌の動きから目が離せない。ぱんぱんに膨れ上がった花芽を、ギルベルトの熱い舌がぬるりと舐めると、その瞬間に凄まじい快感が走り抜け、背中が大きく仰け反った。

「あああっ、あ、ああっ」

　ぶるぶると内腿が震える。

「だめぇ、もう、舐めないで……お願い……」

　涙目で訴えるのに、さらにギルベルトは舌先で陰核の包皮を剥き下ろし、剥き出しになった花芯をぬるぬると転がしてくる。次から次へと痺れる愉悦が襲ってきて、もうどうにかなってしまいそうだ。それなのに、両足がひとりでに大きく開き、腰が求めるように突き出してしまう。

「あーっ、あ、あぁ、くぅ、も、もう、だめぇ……」

　ナターリエはいやいやと首を振る。しかしギルベルトは口淫をやめてくれず、興奮に硬く尖った秘玉を執拗に舐めしゃぶる。耐えきれない愉悦で頭が真っ白になり、腰ががくがくと打ち震える。

「だめぇ、も、あ、も、達っちゃう、達っちゃうのぉ」

　すると、ふいっとギルベルトの舌が離れた。

「あ……？　あ？」

ギルベルトの舌は焦らすように陰核の周囲を這い回る。あと少しで極めるところだったナターリエは、身体を波打たせて恨めしげにギルベルトを見遣った。

「んんぅ、や、ひどい……」

「だめだというから、やめたのだが？」

ギルベルトがしれっと答える。言いながら、今度は花芽の核心部分をころころと転がしてきた。

「はぁっ、あ、あぁぁあん」

今度こそ絶頂に飛ぼうとして、また直前で舌が外される。

「ああん、もう、いやぁ……っ」

焦れに焦れた肉体は苦痛を感じるほどに飢え、内壁はひくひくとうねりを繰り返し、乳首の先端までじくじくと疼き上がった。

「もう、もう、お願い……」

ナターリエは思わず、自分のぬるつく秘裂に両指を這わせていた。蜜口の浅瀬に指が滑り込むと、内部の熱さに我ながら驚く。媚肉がきゅうっと自分の指を吸い込み、奥へ引《ひ》き摺《ず》り込む動きをする。

これまで自分の秘所に触れたことはなかった。いつもこんなふうに、ギルベルトの欲望を受け入れ締め付けているのかと妄想すると、一段と官能の興奮が煽られる。

「我慢できなくて、自分で慰めるのか？」

ギルベルトが吐息で笑う。ナターリエは首を横に振り、震え声で懇願する。もうこんな生殺しのような状態では、おかしくなってしまう。

「あ、あぁ、ギルベルト様……お願いです」

ぬるぬる滑る指で、花弁を大きく押し広げ、腰を浮かせた。

「もう、ください……ここに……」

恥ずかしくて、それだけ言うのもやっとだった。その誘い方はひどく淫猥だったようで、ギルベルトの声が昂って掠れた。

「どうして欲しい？　もっと正直に言うんだ」

「うう……ギルベルト様は意地悪です……」

「意地悪な俺が好きなんだろう？」

「……好き——だから、ください、ギルベルト様の太くて硬いもので、私のここをぐちゃぐちゃにして……」

もはや淫らな欲望に支配されているナターリエは、素直に答えた。

「っ——」

ギルベルトが息を呑み、やにわに自分のガウンを脱ぎ捨てた。そして性急に重なってきた。

蕩けた蜜口に滾る剛直の先端が押し当てられただけで、ナターリエは軽く達してしまう。

「あああっ――あ――っ」

直後、極太の剛直がひといきに子宮口まで突き上げてきた。快楽の激しい衝撃に、脳裏が真っ白に染まった。

「く――そんなに俺が欲しかったのか。すごい締め付けた」

肉竿を根元まで挿入したギルベルトは、くるおしげに息を乱す。

「あぁん、そうです、欲しかったの……ギルベルト様が欲しくて、堪らなかったのぉ」

ナターリエは両手でギルベルトの頭を掻《か》き抱《いだ》き、すらりとした両足を彼の腰に絡めた。

「来て――」

「ナターリエ――っ」

ギルベルトはどんどん腰の抽挿を速めた。内壁の突き当たりを傘の開いた先端でこじ開けるように捩じ込み、入り口まで引き抜いては力任せに穿ってくる。

「ああっ、あ、や、あ、またっ……だめぇ、あ、あぁ、あぁあ」

あっという間に昇り詰め、絶頂に行き着いたまま戻って来られなくなる。もうだめだと喘ぎながらも、貪欲な肉襞はギルベルトの欲望をしゃぶりつくし包み込み締め付け、離そうとしない。

「これは堪らない――あっという間にもっていかれてしまう」

ギルベルトが息を荒らがせながら、がむしゃらに腰の律動を速めていく。

「気持ち悦いか？　ナターリエ、感じるか？」

「あ、あぁ、気持ち、悦い……気持ち悦くて、堪らないのぉ……」

愛する人との交歓は、これほどまでに満たされ幸せな気持ちになるものか。ギルベルトに揺さぶられるまま、彼の腰の動きに合わせて拙くも腰をうごめかし、さらなる媚悦を貪ろうとする。

この腰の動きには、さすがにギルベルトもひとたまりもなかったようだ。

胎内で、ギルベルトの肉棒がどくんと震えて暈《かさ》を増した。その動きに応じて、ナターリエの濡れ襞は断続的に締め付けては奥へ引き込む動きをする。

「すごいな、蕩けそうだ――ナターリエ、もう達くぞ」

「はぁ、あん、来て、ああ、来てぇ……っ」

ギルベルトは高速で腰を繰り出し、低く唸《うな》った。

「ああナターリエ、中に――出すぞ――っ」

「あ、ん、来て、くださいっ……あ、あぁぁあぁーっ」

最後の絶頂に飛び、ひくんひくんと濡れ襞が痙攣し、ナターリエの全身が硬直した。

「く――ッ――」

ギルベルトの動きがふいに止まり、ナターリエの最奥で彼の欲望がどっと弾けた。

「あ、あ、ぁ、熱い……の、いっぱい……ぁあ……」

ギルベルトは断続的に腰を打ちつけては、白濁液の残滓をナターリエの胎内へ吐き出す。

「――は――」

大きく息を吐くと、ギルベルトの動きが止まった。直後、ナターリエの身体の強張りが解け、ぐたりとシーツの上に倒れ込んだ。薄桃色に染まった肌にどっと汗が噴き出す。

「はあっ、はっ、はぁ……ぁ……」

快楽の名残はいつまでも去らず、ナターリエはしばらく小刻みに全身を震わせていた。

「――素晴らしかったぞ」

ギルベルトがこの上なく優しい声でささやき、唇を重ねてきた。

「ん……んん……」

まだぴったりと繋がったまま受けるこの口づけの感触に、ナターリエは愛されている悦びを全身で感じた。

まだ快楽の余韻でぼんやりした視線で彼を見上げ、甘く告げる。

「ギルベルト様……好き……」

「俺も――大好きだ、ナターリエ」

すべてを曝《さら》け出し分かち合った直後は、二人とも自分の心に素直になれた。

啄むような口づけを交わしては、愛をささやき合う。

静けさの戻った部屋の中に、寄せては返す波の音が響いてくる。

二人は抱き合ったまま波の音に耳を済ませ、ほどなく健やかな眠りに落ちていった。


地方視察を終えて王城に戻ったギルベルトは、即座にナターリエ・ハイネマン伯爵令嬢と婚約したことを公にした。

周囲は、ギルベルトの突然の婚約発表に驚きを隠せなかった。ギルベルトはこれまで、どんなに身分が高い絶世の美女たちが目の前に現れても、歯牙にもかけなかったからだ。

婚約の件を知るや否や、早速王太后が異を唱えてきた。

彼女はエンデル薬師長官やアーラン神官、それに取り巻きの保守派の臣下を引き連れ、ギルベルトの私室に乗り込んできたのだ。王太后は、ギルベルトの側に侍《はべ》っているナターリエの姿を見ると、目を吊《つ》り上げんばかりにいきりたった。

「国王陛下、これまで我々のすすめる結婚話に耳も貸そうとしなかったそなたが、なぜそのような娘を相手に選んだのじゃ！」

ギルベルトは表情ひとつ動かさずに答えた。

「そのような、とはどういう意味ですか？」

「身分も低く後ろ盾も財産もない、取るに足らない伯爵家の娘ではないか。王妃としてふさわしくないという意味じゃ。どうしてもその娘が気に入ったというのなら、愛人か側室にすればよいだろう」

王太后はぶしつけな視線でナターリエを睨んだ。その酷薄な眼差しに、ナターリエは内心震え上がる。

ギルベルトのこめかみにかすかに青筋が浮いた。彼は感情を抑えた声で言う。

「ハイネマン家は代々王家付きの薬師を輩出する、由緒正しい家系です。この婚約になんら不都合はない。それに、私は側室も愛人も作る気は毛頭ない」

ぴしりと言い返され、王太后は返す言葉を失う。彼女は口惜しげにつぶやいた。

「自分は側室の子のくせに――」

ギルベルトの目が一瞬だけギラリと光った。

「母上――ここはもう引き下がりましょう」

アーラン神官が素早く口を挟んだ。

「うむ――お前がそう言うのなら――今日のところはこのくらいにしておく」

王太后は取り巻きを従え、不承不承《ふしょうぶしょう》退出していった。

彼らが姿を消すと、ナターリエは大きく息を吐いた。周囲のこのような反応は覚悟はしていたものの、王太后の辛辣な言い方は正直こたえる。遠慮がちに切り出す。

「ギルベルト様。やっぱり私は、公爵家の令嬢や外国の王女様たちから比べれば、財力も美貌もずいぶんと見劣りがします。一国の王妃に見合うものが、私にはありますでしょうか？」

ギルベルトはじろりとナターリエを睨んだ。

「なんだお前、もうこの結婚に尻込みしているのか？」

「いいえ、ギルベルト様のことは心から愛していますし、婚約できたことは望外な幸せです。だから、側室でも愛人でも、私はかまわないので――」

「馬鹿者！」

ギルベルトが声を荒くした。ナターリエは言葉を呑み込む。

「俺にはお前しかいない。お前は俺が他の女を妻に迎える方がいいというのか？」

「だって……」

ギルベルトが真っ直ぐに見つめてくる。

「自分に正直になれ」

「う……」

吸い込まれそうなひたむきなギルベルトの眼差しに、卑屈になった自分が恥ずかしくなる。

「いや、です――ギルベルト様が他の女性と仲良くするなんて、すごくすごくいやです」

ギルベルトがニッコリとうなずく。

「それでいい。必ずお前と結婚し、幸せにしてやる。俺を信じろ」

「はい……」

あんな殺し文句を言われたら、頑張り屋のナターリエとしては前に進むしかない。

国王にふさわしい女性になるために、もっともっと努力しよう。

ナターリエは密かに覚悟を決めたのである。

そんな中で、ハンスとミッケだけは、手を取りあわんばかりに二人の結婚を喜び祝福してくれた。

「結婚式は、来年早々にしましょう。『愉悦王』の結婚にふさわしい、絢爛豪華《けんらんごうか》な結婚式を企画しますよ」

と、ハンスが鼻息を荒くすれば、ミッケも、

「それがいいですわ。ナターリエ様、結婚式までに私どもがうんとあなた様を磨いて差し上げますからね。」

と息巻く。

頼《たよ》り甲斐《がい》のある二人に、ナターリエは百万人の味方を得た思いだった。

第五章　愉悦王死す

ギルベルトとナタ―リエの結婚式は、来年の春に執り行われることが決まった。

ナタ―リエはこれまで通り、ギルベルト専属の薬師として仕えた。一方で、ギルベルトの指示で王妃教育を厳しく叩《たた》き込《こ》まれることになった。

グーテンベルグ王国の歴史や、ベッケンバウワー王家の成り立ちや規律を一から徹底的に勉強した。最高位の貴婦人になるために、マナーから言葉遣い立ち居振る舞い美容やダンス、教養に至るまで、一流の教師が付いて指導をした。

ナタ―リエは毎日懸命に学び、努力した。もともと非常に賢い上に、装わなかっただけで整った容姿をしていたナタ―リエは、みるみる洗練されていった。

ギルベルトは半年に一度の遠征視察に加え、月に一度は首都を中心に街への視察に出ることにしていた。ナタ―リエは必ずギルベルトに付き従って、見聞を広めるように努めた。

それは真夏の頃である。

朝食の席で、ナタリーリエはギルベルトに話しかける。

「ギルベルト様、今回の視察のご予定はどちらへ？」

視察の際には、ナターリエは必ず同行していた。

ギルベルトは少し難しい顔で答えた。

「郊外の街トゥーラに行こうと思う。先日の大雨で水路が決壊して、多大な被害が出たと報告が上がっている。水捌《みずは》けが悪く、まだあちこち水びたしなのだ。視察というより、支援活動に近いな」

「それは、大変ですわ。私もお供します」

「いや、今回はお前はやめておけ」

「どうしてですか？」

「どうやら、伝染病が広まっているようだ」

「伝染症、ですか？」

「うむ。高熱を発して死に至る病が蔓延《まんえん》している。だが人同士の接触で感染するものではないらしく、媒体がまだ不明だ」

「……高熱……水捌け、夏……」

ナターリエはしばし考え込み、さっと顔を上げる。

「ギルベルト様、早急にトゥーラの街に連絡して、水溜《みずた》まりは埋めるか、油を注ぐかさせてください」

「水溜まりに？」

「水捌けが悪いということは、あちこちに水が溜まっているでしょう。この季節、水溜まりには大量の蚊が発生します。蚊が人を刺して媒体する熱病があるのです。熱帯地方に多い、ブンブン病だと思われます」

「蚊か――」

「はい、蚊の幼虫は水溜まりで発生します。埋めるか呼吸ができないよう油を撒《ま》いて、駆除してください」

ギルベルトがうなずいた。

「わかった、至急そうさせよう」

ナターリエは口早に付け加える。

「この病は人からは伝染《うつ》りません。血の中の寄生虫を殺せば、助かります。そのための生薬を、すぐに手配させてください。アオコウというヨモギによく似た薬草を抽出した薬が有効です。でも薬を作るには、一日は必要ですわ。私、今すぐに作業に取り掛かります」

ギルベルトは目を見開いて、キビキビと話すナターリエを見つめている。彼は感心したように首を振る。

「お前は、ほんとうにすごいな」

「え……？」

「普段はとろとろしているのに、こと医学や薬のことになると、別人のようにキリッとする」

「とろとろはよけいです」

ナターリエは苦笑する。ギルベルトも笑い返す。

「わかった、すぐにそのアオコウという薬草も集めさせる。今の話を聞いていたな、ハンス。すぐに連絡を頼む」

ギルベルトが右手を挙げて合図すると、壁際に待機していたハンスが、

「承知」

と、食堂を飛び出して行った。

「私も作業場に行きますね」

立ちあがろうとしたナターリエに、ギルベルトが声をかけた。

「お前ひとりでは限界があるだろう。王家付きの他の薬師たちにも協力させる。できる限り、大量の薬を作れ」

「はい、わかりました」

ナターリエは急ぎ部屋に戻った。今ではギルベルトの書斎は、ナターリエの作業場に改築されてあった。ギルベルトは、失われたナターリエの道具を前よりもいいものに新調してくれた。破壊された書

物も、すべて修復されて戻されてあった。

「ミッケ、今日の私は一日薬を作る作業に追われるから、もろもろお願いね」

ナターリエが声をかけると、ミッケが心得たようにうなずいた。

「かしこまりました。差し入れを随時行います」

彼女はナターリエの作業用のエプロンを出してきた。エプロンを着せ掛けてもらっていると、ギルベルトの命令を受けた王家付きの薬師たちがどやどやと現れた。そこに、エンデル薬師長官の姿はなかった。

「皆さん、すぐに生薬の原材料が届きます。エーテルを使った抽出機で、できるだけ抽出液を作りたいのです」

ナターリエは彼らにテキパキと指示をした。薬師たちは真剣に話を聞いている。彼らも素早く行動を始めた。

「ここにある機械だけでは足りないでしょう。我々の所持している抽出機も、持ち寄りましょう」「それがいい」「確か、エンデル薬師長官の研究室には数台あったはずだ」「研究室に行ってお借りしてこよう」

さすがに王家付きの薬師たちだけに、理解と行動が早かった。程なく、薬師の一人が顔色を変えて戻ってきた。

「エンデル薬師長官の研究室に立ち入ることを、断られてしまいました！　大事な器具はおいそれと貸し出しはしないと――」

「なんということだ、今は非常事態ではないか」「人々の病を治すことが我々の最優先の務めなのに」「こういう時に、陣頭指揮を執るのが長官の役目ではないか」

薬師たちが怒りをあらわにする。ナターリエが凜《りん》とした声で言う。

「皆さん、今は一刻を争います、できることを精いっぱいやりましょう」

ナターリエの言葉に、薬師たちは心打たれ、すぐさま作業に取り掛かった。

その後、ハンスが首都の医学大学などに手を回し、何台もの抽出機を手に入れてくれたので、薬の生成作業は粛々と進んだ。夜を徹しての作業になった。ミッケやハンスたちは、サンドイッチやコーヒーや毛布などを差し入れて、全力で協力してくれた。

翌日、ギルベルトは体力のある兵士たちと大量の支援物資を積んだ馬車を何台も引き連れ、ナターリエと共にトゥーラの街へ向かった。

到着するや否や、ギルベルトはきびきびと兵士たちに支援作業の指示を飛ばす。一方で、ナターリエは街の一角に天幕を張り救護所をこしらえさせ、怪我人《けがにん》や病人の治療にあたった。王家付きの薬師たち数名も同伴し、ナターリエを手伝った。

ナターリエの持参した伝染病の薬は素晴らしい効果をもたらした。それまで、街の人々はなす術《すべ》もなく病に苦しみ、多くは死に至っていた。それが、ナターリエの薬で劇的に回復したのである。また、ギルベルトの指示で蚊の沸きそうな水溜まりはことごとく処理され、新たに感染する者は激減した。

トゥーラの街の人々は、ギルベルトとナターリエの献身的な行動に感謝し、賛美した。

ナターリエは『医学の乙女』と讃えられ、彼女の評判は広く世間に喧伝《けんでん》されることとなった。

また、今回の件で王家付きの薬師たちの多くは、ナターリエの存在を好意的に受け取るようになった。中には、

「我々と同じ薬師である方が王妃になられるのは、なんと誇らしいことだ」

と、二人の結婚を全面的に支持する者たちも現れたのである。

一方で、非常時に協力を拒んだエンデル薬師長官には、非難の声が集まった。

「ナターリエ様が王妃になられたら、彼女こそが薬師長官にふさわしいのではないか」

城内ではそういう声が高まっていた。


王太后の私室では、王太后とエンデル薬師長官とアーラン神官が密会していた。

「なんということだ。あんな小娘が王妃になるというのか？　保守派の臣下の中にも、二人の結婚を支持する者が増えてきたというではないか！」

王太后は吐き捨てるように言った。

「このまま二人が結婚し、子どもでも成せば、我が息子アーランが王位に就く可能性がなくなってしまうぞ！」

アーラン神官は怒り心頭の王太后を、小声でたしなめる。

「母上。そのような大きな声を出しては、外に聞こえてしまいますぞ」

「う、む」

王太后は悔しそうに唇を噛む。

エンデル薬師長官も忌々しげに言う。

「あの娘が王妃になったら薬師長官の座はあの娘に、というとんでもない意見も出ております。長年の私の功績が台無しになってしまう」

王太后は難しい顔になる。

「なんとか結婚する前に、あの二人をどうにか失脚させられぬものか――」

しばし考え込んでいたエンデル薬師長官が、なにかを思いついたように顔を上げた。

「王太子殿下、良い考えがございます。目障りな者たちを一挙に片付ける方法でございます」

「なんだと？」

王太后の目がギラリと光った。

「そっとこちらへ。話を聞かせるのじゃ」

エンデル薬師長官が王太后に身を寄せ、声をひそめる。

「こうなれば陛下を毒殺してしまいましょう」

過激な言葉に、アーラン神官がびくりとした。だが王太后は興味津々だ。

「それはいい考えだ。しかし、これまでも幾度かギルベルトの毒殺計画を立ててはみたのじゃが、奴《やつ》の周囲の警護は固くて、ことごとく失敗に終わった。そうそううまくいくものではないぞ」

エンデル薬師長官がニヤリとする。

「狙うのは、陛下ではなくあの娘です」

「娘の方？」

「そうです。あの娘は陛下専属の薬師。毎日陛下に薬を調合しております。娘の薬に毒を仕込むのです。娘の薬なら、陛下は警戒なく呑まれます。そこで、娘を毒殺犯人に仕立てるのですよ」

王太后が顔を綻ばせた。

「なるほど！　娘を国王暗殺の犯人にするのじゃな」

「その通りでございます。陛下はお亡くなりになり、娘は毒殺犯として処罰されましょう。さすれば、アーラン様が還俗なされば、自動的に国王の座に就かれることになります。一挙両得ですよ」

「素晴らしいぞ、長官。さすがだ」

「お褒めの言葉、痛み入ります」

王太后とエンデル薬師長官は顔を見合わせ、仄暗《ほのぐら》く笑った。

その二人を、アーラン神官は無言で見つめていた。


数日後——。

「ナターリエ様、ウェディングドレスのデザインが上がってきましたよ。王室御用達《ごようたし》の一流の仕立て屋たちが考えたデザインばかりですわ。お気に召したものを、お選びくださいませ」

ミッケが声を弾ませて、作業場にいたナターリエに数枚のデザイン画を差し出した。

「まあ、どれもこれもなんて豪華なの！」

受け取ったナターリエはデザイン画をなんども見比べ、ため息をつく。

「なんだかドレス負けしそう——」

「なにをおっしゃいますか。今のナターリエ様なら、どんなドレスだって見事に着こなされますとも」

ミッケが鼻息荒く言った。

確かにミッケの言う通り、ここ数ヶ月でナターリエは見違えるように洗練され美しくなっていた。

それはナターリエが、国王ギルベルトにふさわしい王妃になりたいと、美容に教養にと毎日の努力を怠らなかった結果である。

「そう言ってくれると嬉しいけれど——ううん、どれも甲乙つけ難いわ」

「こちらのレースをふんだんに使った可愛らしいものと、こちらの袖の膨らんだ古典的なデザインと、どちらかがようございますね」

ミッケと二人でわいわいとデザインを選んでいるところに、扉をノックしてギルベルトが入ってきた。彼は青いモーニングスーツ姿で、午前の執務を終えたばかりのようだ。

「ナターリエ、昼餐の時間だぞ、一緒に食堂に行こう」

「あ、いけない、そうでした。少しお待ちを、支度しますので」

慌ててデザイン画を机の上に置き、ミッケに命じてディドレスに着替えようと立ち上がった。と、ギルベルトの背後に、アーラン神官が立っているのに気がついた。

「まあ、神官様、ごきげんよう」

ナターリエが一礼して挨拶すると、アーラン神官も礼を返した。

「ごきげんよう薬師様」

ギルベルトがアーラン神官を振り返った。

「兄上は午後の祈りのために聖堂に行く途中で、俺にばったり会った。お前に挨拶したいというので同伴した」

アーラン神官はナタ－リエの作業場をぐるりと見回す。それから、なにげなく机の上の薬の瓶などに触れた。

「さすがに、たくさんのお薬がございますね」

「神官様は、どこかお具合が悪くはありませんか？　言ってくだされば、お薬を調合いたしますよ」

ナタ－リエの言葉に、アーラン神官は丁重に返す。

「お気遣いありがとうございます。ですが、神に仕える者は病は自然に治す決まりなのです。では私はこれにて、失礼いたします」

アーラン神官は一礼して姿を消した。

ナタ－リエは、アーラン神官になんとなく不信感をぬぐえない。

「陛下、これまで神官様は一度も私にご挨拶に訪れなかったというのに、急にどうなさったのでしょう」

ギルベルトは机の上のデザイン画を手に取りながら、なんでもなさそうに言う。

「お前が王妃になるので、礼を尽くさねばと考えを改めたのだろうよ」

彼はデザイン画の一枚を抜き取り、ひらひらと振った。

「俺はこのデザインがいいな」

「あら、どれですか？」

ナタ－リエはギルベルトが差し出したデザイン画を受け取った。それは、袖なしで背中が大きく開きボディラインがぴったりとして、裾だけが大きく広がったデザインであった。

「……こ、こんな肌を見せた大胆なドレス……」

ナターリエが怯《ひる》むと、ギルベルトは、

「お前のシルクのような肌を存分に生かしていて、素晴らしいと思うぞ」

と平然と言う。

「薬作りには大胆なくせに、晴れの舞台で遠慮してどうするんだ？」

「うう……でも」

するとギルベルトはナターリエの耳に顔を寄せ、ひそひそとささやいた。

「まあ、お前はなにも着ていない時が一番美しいのだが。こればかりは、他人に披露できぬしな」

「ま……あ！」

ナターリエは顔が真っ赤になってしまう。

「もうっ、からかってばかり。絶対にこんなドレスは着ませんからねっ」

ぽかぽかと両手でギルベルトの胸を叩く。ギルベルトは晴れやかに笑う。

「ははは、本当のことなのだから仕方ない」

そんな二人の様子を、ミッケは半ば微笑ましく半ば呆れた様子で見ているのであった。

午後のドレスに着替えたナターリエは、ギルベルトに手を取られて食堂へ向かう。

廊下を歩きながら、ギルベルトがさりげなく切り出した。

「これからのことについて、少し相談したいことがあるのだが」

「結婚式のことですか？」

「それもあるが――ぜひともお前の協力が必要なことだ」

「まあなんでしょうか？」

ギルベルトはさっと周囲を見回し、背後にハンスとミッケが付き従っているのを確認した。

「ちょうどよい。この四人で、歩きながら話そうか」

ハンスとミッケにさっと緊張感が走った気がした。

「いいか、実は――」

ギルベルトは声をひそめて話し出した――。


事件が起こったのはその数日後のことであった。

朝食の席で、ナターリエは飲み薬の瓶を取り出した。

「ギルベルト様、激務でいつもお疲れでしょう。これは、コーヒーからカフェインを抽出して作った活力回復剤です。お仕事の前に呑まれれば、一日元気で過ごせますよ」

「また新しい薬を作ったのか。まあよかろう」

ギルベルトは瓶を受け取ると蓋を外し、一気に薬をあおった。

「いかがです？」

「うん――」

目を閉じて効き目を確かめていたギルベルトが、にわかにカッと目を見開く。

「うっ⁉」

彼の顔色がみるみる悪くなった。

「ギルベルト、様？」

ナターリエは驚いた顔で立ち上がった。

ギルベルトは全身を痙攣させ、テーブルにうつ伏せになった。苦しげに胸を掻きむしる。

「苦しい――っ」

「ギルベルト様！　まさか――毒？」

ナターリエはとっさにテーブルの上の水差しを掴み、ギルベルトに駆け寄る。壁際に待機していたハンスも駆け寄ってきた。

「お水を呑んでください、ギルベルト様！　早く！」

「ナターリエ様、私が顔を上げさせます」

ハンスがギルベルトの身体を抱き起こした。ナターリエはギルベルトの口を開かせ、水を大量に飲み込ませた。その後に彼の口の中に指を深く差し入れた。

「吐いて！　全部吐いて！」

「うーーぐーー」

ギルベルトが嘔吐《おうと》する。

ハンスが、

「他の薬師も呼んでまいります！」

と言い置いて、食堂を飛び出していく。

「もっと飲んで！」

ナターリエは必死になって、嘔吐を繰り返させた。この騒ぎに、食堂の内外から人々が集まってきた。その場は騒然となった。

「国王陛下が毒を盛られた⁉」「一大事だ！」「エンデル薬師長官を呼べ！　早く！」

ギルベルトは次第に意識を失い、力無くテーブルに倒れ込んだ。

「ギルベルト様、ギルベルト様、しっかりして！」

ナターリエは声を涸らして叫び続けながら、ギルベルトの背中を撫でさする。

「どけ！　小娘！」

駆けつけてきたエンデル薬師長官が、ナターリエを乱暴に突き飛ばした。彼はギルベルトに覆い被さるようにして、容体を調べた。

彼は甲高い声で喚《わめ》いた。

「なんと――心臓が動いていない――お亡くなりになっている！」

「ええっ⁉」

ナタ―リエは呆然として立ち尽くした。その場にいる者全員が悲痛な声を上げる。

「なんの騒ぎじゃ」

悠々といった風情で、王太后が現れた。傍にアーラン神官もいる。

エンデル薬師長官が、ナターリエを指差して大声でがなった。

「毒殺です！　この娘が、陛下に毒を呑ませたのです！」

ナターリエは真っ青になった。

「違います！　毒なんかではありません！　ただの活力剤で――」

エンデル薬師長官は、テーブルに転がっていた薬瓶を取り上げ、くんくんと匂いを嗅いだ。

「これは、猛毒のマンドラゴラだ！　間違いない！」

その声を受けて、王太后が重々しく言った。

「なんということじゃ！　衛兵、その娘を逮捕せよ！」

衛兵たちが飛び出して、ナターリエの両腕を捕らえた。

ナターリエは、目の前が真っ暗になり、身悶えて訴える。

「違います！　私じゃない！　毒殺なんかしていません！　違います！」

「うるさい！　言い訳は裁判で言え。牢《ろう》に連れていくのじゃ！」

王太后は高飛車に言い放った。

ナターリエは衛兵たちに引き摺られながら、ぴくりともしないギルベルトに向かって両手を差し伸べる。

「いやあ！　ギルベルト様！」

泣き叫びながら、ナターリエは連行されて行った。


ナターリエは、城内にある貴族専用の牢に放り込まれた。牢といっても、裁判が始まるまで罪を犯した貴族を収監する場所なので、それなりに整えられた部屋であった。無論、扉は厳重に鍵が掛けられ、窓には脱走防止の鉄格子が嵌まっている。食事は、日に三度、扉に取り付けられた狭い開閉扉から差し入れられる。外部との連絡は許されない。

ナターリエは椅子に座ったまま、じっとうつむいていた。あれから、ギルベルトがどうなったのかまったく情報が入ってこない。不安で胸がつぶれそうだった。

事件から二日目の朝。

ナターリエは、朝食を差し入れた監視の兵士に声をかけた。

「お願い、教えてください。ギルベルト様は――国王陛下はどうなりました？」

決まりでは、監視の兵士はいっさい罪人と口をきいてはならないことになっていた。だが、その兵士はナターリエに同情したのだろう、小声で答えた。

「国王陛下は崩御されました」

「嘘……！」

ナターリエは声を震わせた。へなへなと床に頽れてしまう。

監視の兵士はさらに声を低くする。

「亡骸《なきがら》は棺に収められ、聖堂に置かれております。王家の決まりにより、三日間は聖堂に安置され、そののち王家の墓地へ埋葬されるでしょう」

「――埋葬……」

「恐れながらご令嬢。私には婚約者のあなた様が陛下を毒殺するなど、とても信じられませんでした。国王の暗殺となれば、死罪は免れません。こうなったら、裁判で正直に罪を告白なさる方がよろしいでしょう」

ナターリエは食事の盆を監視の兵士の方に押し返した。

「食事はいりません。ギルベルト様がこの世におられないのなら、私はもう死んでもかまいません」

毅然《きぜん》としたナターリエの態度に、監視の兵士は感銘を受けたようだ。無言で盆を引き戻し、開閉扉を閉めた。

ナターリエはよろよろと立ち上がると、窓際に歩み寄った。鉄格子の向こうに、青空が見えた。両手を胸の前で組み、祈りを捧げる。

「……ギルベルト様——どうかどうか——神様、お助けください」

城内の聖堂の祭壇には、国花である百合《ゆり》の花が一面に飾られてあった。

そこに、ギルベルトの棺が安置されている。

ハンスは棺の前に跪き、じっと首を垂れていた。彼は棺の前から離れようとしなかった。周囲が心配して声をかけても、

「王の棺を最後までお守りするのが、私の役目です」

と答え、微動だにしない。一等書記官の忠義な態度は、人々の涙を誘った。

三日目の朝が来た。

昼過ぎには、国王の棺は聖堂から王家の墓地に運ばれ、埋葬されることになる。

ハンスは寝もやらず、棺に寄り添い続けていた。

喪服姿のアーラン神官が現れた。王家の血筋であり神官である彼は、葬儀の仕切りを任されている。

「書記官殿、そろそろ出棺のお時間になります」

ハンスはやつれた顔を振り向けた。

「今少し。もう少し、別れを惜しませてください。お願いします」

悲壮な姿のハンスに、アーラン神官は神妙に頭を垂れる。

「よろしいでしょう。あと半刻だけ、お待ちしましょう」

二人は棺の傍にじっと佇んだ。

と、棺からかすかに音が聞こえてきた。

内側からほとほとと叩くような音だ。

「っ――――!」

ハンスが目の色を変えて立ち上がり、棺に飛びついた。周囲で棺を守っていた他の神官たちが驚いたようにハンスに飛びかかる。

「一等書記官殿、なにをなさいますか!?」「罰当たりな! 棺から離れてください」

「離せ!」

ハンスは身を捩って神官たちの手を振り解《ほど》こうとした。しかし男たちの手で棺から引《ひ》き剥《は》がされそうになる。

「お待ちなさい! 一等書記官殿を離すのです」

突然、アーラン神官が決然とした声で止めた。それは、今まで誰も聞いたことのないような意志の強い口調であった。

他の神官たちは気を呑まれて、慌ててハンスから離れた。

ハンスはそのまま重い棺の蓋に手をかけ、力任せに開いたのである。


その頃、王太后の部屋では——。

喪服に身を包んだ王太后とエンデル薬師長官が、こっそり祝杯を挙げていた。

「万事うまくいったな、長官。そなたの毒はよう効いたようじゃ」

王太后はぐびりと赤ワインのグラスをあおった。

「恐れ入ります。あの娘の使う乳鉢を、毒を染み込ませたものと密かに取り替えておいたのです。そうすれば、どのような薬を作ろうと、必ず陛下の口に入りますから。取り替える役目は、アーラン神官にお頼みしました。国王の私室に入れるのは、お身内だけですので。これぱかりが私も手が出せませんゆえ」

エンデル薬師長官が得意顔で言う。

「うむ。アーランもよくやってくれた。普段はいささか気が弱いが、いざとなればやる子じゃ」

王太后は機嫌良くグラスを飲み干す。

「ついにギルベルトを亡きものにした、我々の勝利じゃ」

二人は顔を見合わせにやにやと笑い合う。

「もうすぐ、棺が王家の墓地に運ばれ埋葬される時間ですな。王太后殿下、そろそろお支度をなさる方がよろしいかと。あまりお酒を過ごされませんように」

エンデル薬師長官の言葉に、王太后はうなずいた。彼女は帽子の巻き上げてあった黒いヴェールを顔に垂らして見せる。

「なに、こうしてヴェールを下ろしてしまえば、酔っていてもばれまいよ」

彼女は立ち上がり、呼び鈴の紐を引く。

「誰かおらぬか。そろそろ埋葬の儀式に出かけるぞ、誰ぞ」

何度か紐引いて呼びかけたが、侍女も侍従も誰も姿を見せない。

「どうしたのじゃ？」

王太后が不審そうにつぶやいた。

その時だ。

突然、部屋の扉が乱暴に押し開かれた。そして、どやどやと近衛兵たちが乱入してきたのである。

「なにごとじゃ？　無礼だぞ！」

王太后が怒鳴りつけると、一番前にいた近衛隊長が素早く進み出た。彼は懐から一通の令状を取り出すと、それを広げて声高に読み上げた。

「エリザベート王太后、並びにエンデル薬師長官、反逆罪の罪で逮捕いたします！」

「なんじゃと!?　妾を逮捕する？」

王太后は唖然として声を裏返らせた。エンデル薬師長官も、わけがわからないといった顔でぽかんとしている。

近衛兵隊長は厳然として告げる。

「国王陛下暗殺を謀んだ罪です」

王太后はいきり立って言い返した。

「妾が謀んだと？　国王を暗殺したのは、あの小娘だろう？　あの娘が陛下に毒を呑ませて、亡き者にしたのじゃ！　とぼけたことを言うでない。そこを通せ！　妾は埋葬の儀に参列するのじゃ」

王太后は居丈高な態度で近衛兵隊長を押し退《の》けて、部屋を出て行こうとした。

「いいや、王太后殿下。私に埋葬は不要だ」

張りのある凛とした声が扉の向こうから聞こえた。

「!?」

王太后はぎょっとして足を止めた。

居並んでいた近衛兵たちが、さっと左右に割れて道を空ける。

死者が着る濃紺色の衣装に身を包んだギルベルトが、ゆっくりとこちらへ向かって歩いてきた。

「ひっ？　ゆ、幽霊？」

王太后は怯えた顔で、二、三歩後ろによろめいた。

ギルベルトは厳しい表情で、王太后に近づいた。彼は冷ややかな声で言う。

「残念ながら、私は死んでいない。この通り、ぴんぴんしている」

王太后の背後に立ち尽くしていたエンデル薬師長官が、喉の奥でひゅっと息を呑んだ。彼は震え声を出した。

「え？　そ、そんな、まさか――あの毒を飲んで平気でいられるわけが――」

ギルベルトが鋭い眼差しでエンデル薬師長官を睨んだ。

「語るに落ちたな、長官。さきほどのお前たちの会話は、俺とここにいる近衛兵全員が聞いていた。お前と王太后の謀みはすべてわかっているぞ」

「ひえ――っ」

エンデル薬師長官は、へなへなと腰を抜かした。

ギルベルトは冷徹な表情を王太后に向ける。

「あなたたちの謀略を知り、俺はその計画を利用することにしたんだ。毒入りの薬を呑むふりをして、一時的に仮死状態になる薬を呑んだのだ。エンデル薬師長官に悟られないためには、ほんとうに死ん

でみせないといけないからな。だから、俺が一回死んだのは、事実なのだがね」

王太后は真っ青になりながらも、まだ言い返す力が残っていた。

「ば、馬鹿な――この計画は妾たちしか知らぬはずなのに――どうして――」

「――私が告発しました。母上」

静かな声と共に、その場にアーラン神官が現れた。

王太后は愕然となった。わなわなと彼女の全身が震える。

「アーラン⁉ お前が？ お前が、妾を裏切るなんて――！」

アーラン神官は、ギルベルトの横に立った。そしてひどく悲しい目で王太后を見遣った。

「母上。私は初めから、弟と通じていたのですよ。私はあなたの権力に取り憑《と　つ》かれた姿が恐ろしかった。私は国王の器ではない。この国を導き、栄えさせるのは弟ギルベルト以外にはいないと、私は信じていました」

ギルベルトがアーラン神官に顔を振り向ける。哀愁に満ちた表情だった。

「兄上――お辛い決断だったろうに、よくぞ俺の味方になってくれた。心より、感謝する」

アーラン神官が首を振る。

「兄として、神に仕える身として、正しいことをしたまでです」

兄弟は気持ちを込めて視線を合わせた。

二人の様子を、王太后は呆然と見ていた。それから彼女は、がっくりと首を垂れた。

「う――うう――ここまでか――」

ふいに王太后はエンデル薬師長官に顔を振り向け、指差した。

「す、すべてはあの者の謀みじゃ！　妾はあの男の甘言に乗せられただけじゃ！　妾には罪はない！」

エンデル薬師長官の顔が紙のように真っ白になった。彼はきいきい声で言い返す。

「儂こそ、この女に利用されたのだ！　主犯は王太后だ！」

王太后とエンデル薬師長官は憎悪の眼差しで睨《にら》み合った。

ギルベルトが憐《あわ》れむように言った。

「往生際が悪いな。お二人とも位の高いひとではないか。せめて最後くらいは、潔い態度を取ってほしかった。すべては裁判で明らかになろう。近衛兵、二人を逮捕しろ」

ギルベルトの命令に近衛兵たちは粛々と従う。もはや、王太后もエンデル薬師長官も観念したのか、逆らうことはなかった。

王太后とエンデル薬師長官は捕縛され、近衛兵たちに抱えられるようにして連行されて行った。

アーラン神官が真摯な表情でギルベルトに訴える。

「陛下、私は母上に付き添います。あのような人でも母は母です。誠意を込めて、改心するように説得したいと思います」

ギルベルトも同じように気持ちを込めて答えた。

「兄上、大変だろうがお願いする。きっと、あなたの真心は通じると俺は信じている」

「感謝いたします」

アーラン神官は泣きそうな顔で頭を下げた。

出ていくアーラン神官を見送りながら、ギルベルトは大きく息を吐く。

「すべて——終わったな」


その頃、ナターリエの収監されている牢部屋の扉の鍵が外された。扉が開くと同時に、ミッケが飛び込んでくる。

「ナターリエ様！」

窓際で祈りを捧げていたナターリエは、ぱっと顔を振り向けた。

「ミッケ！」

ミッケは泣きながらナターリエに抱きつく。

「ああよかった——助けに参りましたよ。こんな場所に三日も閉じ込められて、さぞやお辛かったでしょう」

ナターリエは性急にたずねる。

「私は大丈夫、それよりミッケ、ギルベルト様は？　ご無事なの？」

「はい、お元気ですわ。悪だくみをたくらんだ王太子殿下とエンデル薬師長官は、今さっき逮捕されました」

「ああ……なにもかも、うまくいったのね」

ナターリエは安堵して全身の力が抜けそうになった。しかし、すぐに気を取り直す。

「ミッケ、急いで私をギルベルト様の元へ連れて行って！」

「で、でもナターリエ様も疲労困憊《ひろうこんぱい》でございましょう？　少しお休みになって——」

「私なんかより、ギルベルト様のご体調の方が大事だわ。さあ、早く！」

「は、はい」

ナターリエはミッケに手を取られ、牢を出た。見張りの兵士たちは最敬礼してナターリエを見送った。彼らは元より、ギルベルトから今回の計画を知らされてあったのだ。

「早く、早く」

二人は王城に繋がる廊下を全速力で走り抜けた。

王城の玄関ロビーに辿り着くと、中央階段からこちらに向けて、ハンスや近衛兵たちに囲まれて下りてくるギルベルトの姿が見えた。

「ギルベルト様！」

ナターリエは声の限りに叫んだ。そして、夢中で階段を駆け上がる。

「ナターリエ！」

ギルベルトは張りのある声で応え、大股で階段を駆け下りてきた。

二人は踊り場のところで出会い、互いに吸い寄せられるように抱き合った。

ナターリエはギルベルトの胸に抱かれ力強い鼓動を感じると、どっと涙が溢れてきた。

「ああ……生きているのね、ああよかったわ、よかった……」

啜り泣きながらぎゅっとギルベルトの首に抱きつく。

「ナターリエ、辛い思いをさせた。だが、なにもかもお前のおかげで、すべてがうまくいったよ」

ギルベルトも力強く抱き返しながら、ナターリエの耳元でささやいた。

二人はしばし場所も時も忘れ、互いの温《ぬく》もりを確かめ合った。

と、ふいにナターリエがパッと身体を離した。そして厳しい声で言う。

「ギルベルト様っ、ちょっと顔をお見せくださいっ」

「な、なんだ？」

ナターリエの勢いに呑まれて、ギルベルトが身を屈めた。するとナターリエは、いきなり両手でギルベルトの瞼を捲り上げた。

「うわ、なにをする？」

ふいをつかれたギルベルトが、素っ頓狂な声を上げた。

だがナターリエはいたって真剣な表情で言う。

「目の濁りはなし。次は口を大きく開けてください」

「う、む」

ギルベルトが仕方なく口を開けると、ナターリエはまじまじと覗き込む。

「鬱血はありませんね。どこか関節や筋肉が痛むとかありませんか？」

やおら問診が始まった。ナターリエはすっかり薬師の顔になっている。こういう状態のナターリエに、なにを言っても無駄だとわかっているギルベルトは小声で答えた。

「どこも痛くない」

ナターリエはギルベルトの手を取り、脈を診る。それから、ナターリエはほっと息を吐いた。

「よかった――薬が効きすぎたり、副作用が出たりしたらと思うと、牢の中で私は生きた心地がしませんでした」

安堵のあまり、足がふらついた。

ギルベルトが素早く横抱きにしてきた。彼はナターリエの額に優しく口づけする。

「お前は国一番の薬師だ。そのお前の薬に、間違いなどあるはずない。俺は少しも不安ではなかったぞ」

思いやり深い言葉に、ナターリエは再び涙が溢れてきた。

「信じてくださって、嬉しい……」

「愛しているからな」

ギルベルトがしれっと言う。

「私も、愛しています」

二人は情感を込めて見つめ合った。

「ええこほん、陛下、皆が見ております。続きはどうか、お二人になった時に――」

ハンスが遠慮がちに声をかけてきた。

ナタ－リエは我に返り、周囲を見回す。

城中の者たちが集まり、二人の様子をニコニコと見守っていた。

ギルベルトは平然と返す。

「なにも隠すこともない。俺は世界で一番ナタ－リエを愛しているのだからな」

「もうっ……やめて、恥ずかしいわ」

ナタ－リエは両手で顔を覆って恥じらう。

薬師から恋する乙女の顔に戻ったナタ－リエに、人々はさらに笑みを深くするのであった。

国王ギルベルトが甦《よみがえ》ったという情報は、その日のうちに国中に広められた。

それまで悄然として喪に服していた民たちは、これこそが神の思し召《おぼめ》しの奇跡だと歓喜した。

「愉悦王は死なず」「愉悦王は何度でも甦る」「愉悦王こそが我が国の象徴なり」

人々は口々に、ギルベルトの復活を讃えたのである。

ギルベルトの葬儀や埋葬の儀はすべて中止となった。喪に服すために城内の窓に掛けられた黒いカーテンは取り払われ、聖堂の通夜の祭壇も解体された。人々は喪服から明るい色の服に着替え、だれもが心からの笑顔になった。

ギルベルトは仮死状態で棺に三日も横たわっていたにもかかわらず、いつもと変わらず精力的に事後処理の執務をこなした。もちろん、彼の傍にはナターリエがぴったりと寄り添い、体調の確認を怠らなかった。

なにもかもが元通りになったのは、その日の夜更け過ぎだった。

ギルベルトとナターリエはゆったりとした部屋着に着替え、手を取り合って部屋に戻ってきた。部屋の前まで付き従ったハンスとミッケに、ギルベルトは心からの労りの声をかける。

「今回は、お前たち二人の忠心に感謝する。お前たちの協力がなければ、この度の計画は完遂できなかっただろう。後ほど、褒賞を取らせよう」

「とんでもございません。私どもは陛下の臣下として、やるべき使命を果たしただけです」

「その通りです」

ハンスとミッケは神妙に答える。

ハンスが付け加える。

「すべての偉勲は、ナターリエ様のものでございます。どうか、存分にナターリエ様をねぎらってくださいませ」

ギルベルトがうなずく。

「わかっている」

「そんな……私はできることを精いっぱいやっただけです」

ナターリエはあくまで控えめに振る舞う。

ギルベルトは護衛の兵士に合図し、扉を開かせた。彼はナターリエの肩を優しく抱き寄せ、ハンスとミッケに重々しく告げた。

「明日は定時に起きられぬかもしれぬ。そこのところは、了承しておけ」

「御意」

ハンスとミッケは恭しく頭を下げた。

二人で部屋に入ると、ギルベルトはひょいとナターリエを抱き上げた。

「疲れたろう？」

「いいえ。ギルベルト様こそ、大変な思いをなさりましたのに」

「まあ、一度死んでいるしな」

ギルベルトの軽口にナターリエは泣き笑いになる。

「またそのようなことを……」

「ふふ――黄泉の世界から戻るなど、なかなかできぬ経験だぞ」

ギルベルトは笑いながら大股でナターリエをベッドに運ぶ。

そっと壊れもののようにベッドに降ろされた。

ギルベルトは寄り添ってベッドに腰を下ろし、ナターリエの肩を引き寄せた。

「しばらく――こうしていてくれ。お前の温もりを感じていたい。生きているんだと実感したいんだ」

「はい」

二人は無言で寄り添っていた。

ナターリエは怒涛《どとう》のようなこの三日間のことを、思い返していた。


「死ぬ薬を作れぬか？」

そうギルベルトに切り出されたのは一週間前。

昼餐に向かう廊下でのことだ。その場にいるのは、他にはハンスとミッケのみだった。

「ええっ？」

ナターリエは声を裏返してしまう。

「ど、どういうことですか？　自死なさるということですか？　なにかお悩みがあるのなら、私が全力で相談に乗りますっ」

しどろもどろになったナターリエに、ギルベルトが苦笑した。

「馬鹿者。俺が自分で死ぬものか。仮死状態になる薬が欲しいんだ。三日間は、効果が欲しい」

「仮死状態、ですか」

少しホッとした。が、なぜそんな薬が必要なのだろう。

ギルベルトが声を顰める。

「俺を毒殺する陰謀が計画されている。首謀者は王太后とエンデル薬師長官だ」

「え――」

「先ほど、兄上が知らせてくれた。王太后たちはいよいよ追い詰められたようだ」

「アーラン神官様が？　では、来訪されたのはそのために？」

「そうだ。実は、俺と兄上はずっと共闘しているのだ。兄上は王太后の目を盗んでは、私の元にいろいろ情報を知らせにきてくれるのだ。兄上が天気が悪い話をすれば、王太后はなにか悪だくみをしているという合図でな。表向きは敵対しているように見せかけて、王太后たちの動きを見張ってもらっていたんだ」

「そうだったんですね――」

では、以前アーラン神官がギルベルトの部屋から忍び出てきたのは、密かに連絡を取っていたためだったのだ。先だって、「雨が降りそうですので、外出にはお気をつけください」と言ったのは、王太后が不穏な動きをしているという意味だったのか。

「兄上は王太后とエンデル薬師長官から、お前の作業場に毒を染み込ませた乳鉢を仕込むように言われたのだそうだ」

ナターリエの全身から血の気が引いた。

「な、なんてことを……！」

「無論、兄上はそんな乳鉢は即座に破棄してしまったそうだ。だが、先日お前の部屋が荒らされた件といいもはや王太后たちの悪行を見過ごすわけにはいかぬ。これまでも、私の暗殺未遂は度々あったのだ。兄上も同意してくれた。俺は彼らを逮捕するつもりだった。だが、証拠が欲しい。彼らからの口から、確固たる自白を得たいんだ」

「そのために、仮死状態の薬が必要なのですか？」

「そうだ。まんまと俺を毒殺したと思えば、彼らは油断して口が軽くなるだろう。だから、俺は一度死ぬ。王家の葬式は、二日は遺体を聖堂に安置し、三日目に埋葬する慣《なら》わしだ。三日目に、目覚めたい。ナターリエ、頼む。俺に協力してくれ」

ナターリエはごくりと生唾を呑み込んだ。緊張で声が震える。

「確か、タイリクアサガオと麻黄を主成分とした麻薬は、一時的に心臓の動きを止めたり、遅くする働きがあります。でも、劇薬です。少しでも配合を間違えると、死に至ってしまいます」

ギルベルトも表情を改めた。

「できるか？」

彼の青い双眸が真っ直ぐにナターリエを見つめる。そこには信頼し切った色しかない。重責を担う大役に心臓がばくばくする。だが、愛する人の信頼に絶対に応えたい。息を深く吸うと、きっぱりと答えた。

「できます。やります」

ギルベルトがにっこりした。

「お前なら、そう言うと思った」

それから彼は、ハンスとミッケに顔を振り向けた。

「今の話を聞いたろう？　近々に俺は仮死状態になる。ハンス、葬式と埋葬の手筈《てはず》を整えて欲しい。おそらく、ナターリエは毒殺犯として逮捕されてしまうだろう。ミッケ、お前がナターリエを責任を持って守るんだ」

「御意」

「承知しました」

ハンスとミッケは真剣な表情で答えた。

ナターリエの脳内がものすごい勢いで働き出す。これまで研鑽していた医術の知識を総動員した。

「三日きっかりに、目が覚めるように薬を調合します。一日、二日、と次第に心臓が正常に動くように調整します。目覚めた時には、ギルベルト様は棺に収まっておりますよね？」

「そうだな」

「では、目が覚めた頃に、誰かが必ず棺の側に待機してください。目覚めてすぐは、身体に力が満ちていません。中から合図をして、誰かが外からギルベルト様を救い出す必要があります」

「私がやります。棺にぴったりと張り付いて、陛下の目覚めをお待ちします」

ハンスが力強く答えた。

ギルベルトが頼もしげに言った。

「頼むぞ、ハンス。俺も生きたまま埋められるのはごめんだからな」

「必ずや使命を果たします」

ギルベルトはさらにハンスに言い置いた。

「薬が完成したら、今回の計画を詰めよう。目覚める時には、近衛兵たちも待機させたい。王太后たちを直ちに逮捕するためにな」

「かしこまりました」

ナターリエは武者震いが起きた。すぐにでも作業室へ籠もりたい。すると、ギルベルトがその気持ちを察したように、ぽんぽんと軽く肩を叩く。

「まずは、食事だ。大きな仕事をする前には、しっかり腹に物を入れておけ」

「は、はい」

「よし。では行こう」

ギルベルトはその後は、何事もなかったような態度で昼餐の席に着いた。そして、ごくごく普段通りの会話を交わした。彼には珍しく、下手なジョークまで交えてナターリエの気持ちを和らげようとしてくれた。

食事を終えると、ナターリエは作業室に籠もって、薬の配合に取り掛かった。

これまで、病気や怪我を治す薬ばかり作ってきて、毒薬に手を染めたことはない。今作ろうとしている薬も、古来より大きな手術をする時の麻酔薬として使われていた。しかし劇薬で薬の調合が難しいため、最近ではほとんど使われることはなかった。

ナターリエは文献を詳しく調べ、仮死状態から蘇生《そせい》できる薬の量を正確に算出した。

それに基づいて、慎重に薬を調合したのである。

二日後。

出来上がった薬を小瓶に入れ、ギルベルトの働いている執務室を訪れた。

ギルベルトは人払いしてから、ナターリエを招き入れた。

「ギルベルト様、薬が完成しました」

「よくやったぞ」

ギルベルトはナターリエが差し出した薬の小瓶を手に取り、まじまじと見た。

「これを呑めば、俺は一時的に死ぬのだな」

軽い口調で言われ、逆にナターリエは大きな恐怖感に襲われた。ナターリエはさっとギルベルトの手から小瓶を奪い取った。

「ギルベルト様、やっぱりこの計画はやめましょう。万が一、ギルベルト様の御身になにかあったら、それこそ一大事です。危険すぎます」

切羽詰まった表情で訴えた。

ギルベルトは平然と言う。

「どうした、お前らしくないぞ」

「だ、だって……もしなにか不備があってギルベルト様が命を落とすことにでもなったら、わ、私は、生きていられない……」

胸に込み上げてくるものがあり、声が詰まった。

ギルベルトが愛《いと》おしそうに目を細める。

「可愛いやつめ。俺だって、死ぬ気はさらさらない。だが、このまま王太后たちをのさばらせておけば、いずれ俺はほんとうに命を失うかもしれぬ。ナターリエ、ここが潮時なのだ」

「で、でも……」

「おや、お前はそれほど自分の薬に自信がないのか？」

ギルベルトは揶揄うような口調で言う。

ナターリエは涙に濡れた顔をキッと上げた。

「そんなことはありません。私の薬は完璧です！」

ギルベルトがニコリとする。

「うん、それでこそ俺専属の薬師だ」

彼は右手を伸ばし、ナターリエの頬に伝う涙を拭った。

「お前を世界で一番信頼している。お前の薬を呑むことを、俺は少しも迷わないぞ」

ナターリエはギルベルトの厚い信頼に心打たれた。涙を呑み込み、うなずく。

「わかりました……ギルベルト様が覚悟を決めてこの計画に臨んでいるのに、水を差すようなことをして、ごめんなさい」

「いいさ、それほど俺を愛しているということだろう？」

「はい……世界で一番愛しています」

「俺もだ」

二人は愛情を込めて見つめ合い、吸い寄せられるように顔を寄せて口づけを交わした。

かくして、ギルベルトの命がけの計画は決行されたのである。

ナターリエは自分の作った薬に自信はあった。

だが、劇薬である。

万が一でも、ギルベルトが目覚めない可能性もないとは言えない。

そのため、ギルベルトが目覚めたと確信するまで、ほんとうに生きた心地もしなかったのだ。牢に繋がれている間のナターリエの悲嘆は、演技ではなく本気であり、そのために余計に王太后たちを欺くことができたともいえた。


「なにを考えている？」

寄り添っていたギルベルトが、ふと声をかけてきた。

ナターリエはハッと回想から引き戻された。

「今だから告白しますが、私、もしギルベルト様がお目覚めにならなかったら……」

「うん？」

ナターリエはコルセットの内側にずっと忍ばせてあった小瓶を取り出した。

「これは、ギルベルト様にお渡ししたお薬の倍の濃度に抽出したものです」

「――」

「私はこれをあおって、ギルベルト様の後を追うつもりでした」

「っ――ナターリエ――」

ギルベルトが息を呑んだ。彼はやにわにナターリエの手から小瓶を奪い取る。

「馬鹿だな、お前は」

ギルベルトはやにわに小瓶の蓋を外すと、中の液体を一気に飲み干してしまった。

「ひっ⁉」

ナターリエは驚愕《きょうがく》のあまり、心臓が口から飛び出すかと思った。ギルベルトに襲いかかり、彼の手から小瓶を奪い取る。中身は空っぽだ。

「ああ――っ、ギルベルト様、今すぐ毒消しを持ってきます！」

ナターリエは狼狽《ろうばい》して立ち上がり、部屋から飛び出して行こうとした。

「待て」

ぐっとギルベルトが右手を掴んで引き止める。

「心配するな。あの中身はただの水だ」

「えっ？」

ナターリエはぽかんとしてギルベルトを見返した。ギルベルトは左手で自分の胸を叩いて見せた。

「そら、なんでもないだろう？　実は、ミッケに命じて、お前の身の回りの物に気をつけるように言い含めておいた」

「なんですって……？」

「万が一この計画が失敗に終わり俺が死んだりしたら、お前はきっと、俺の後を追い自死するだろうとわかっていた。それを阻止するために、細心の注意を払えと命令してあったんだ。ミッケは、朝食の前の着替えの際にお前の隠し持っていた小瓶に気がつき、無害なものとすり替えてくれたんだ」

「……そんな……」

ギルベルトがぐっとナターリエの腕を引き寄せた。ナターリエは彼の腕の中に倒れ込み、涙を浮かべて彼の胸をぽかぽかと叩いた。

「ひどいわ、ひどい。私を驚かせたのね！　あんまりだわ！」

ギルベルトはナターリエに叩かれるまま、背中をあやすように撫でた。

「すまない。だが、なにがあってもお前だけは生き延びて欲しかったんだ。お前の命が、なにより大切なんだ」

ナターリエはギルベルトの熱い想いに胸がいっぱいになった。手を止め、そっと彼の胸を撫でさすった。

「嬉しい……嬉しいです。でも、やっぱり、二人で生きていくことが一番です」

「そうだな。これからは、ずっと二人で生きて行こう」

「はい……ずっと」

二人はどちらからともなく顔を寄せ、唇を重ねる。

「ん……んぅ」

感情が昂っている二人は、もはや余裕がなかった。

そのまま互いの舌を絡め、強く吸い合い口腔の奥まで味わう。

「ぅく……は、ふ、ぁ……」

情熱的な口づけの応酬に、ナターリエの身体からみるみる力が抜けていく。ギルベルトはさらに深く舌を押し込み、ナターリエの口内を蹂躙する。そうしながら、体重をかけてベッドの上に押し倒してきた。

「つぅ、んんーっ、んんぅっ」

全身の血流が湧き上がり身体の芯がとろとろに蕩けて、下腹部の奥がせつなくきゅーんと疼いた。

口づけだけでナターリエはあっという間に達してしまった。

くたりと脱力すると、ギルベルトが息を弾ませながら唇を解放した。溢れた唾液が二人の唇の間につつーっと銀の糸を引く。彼は潤んだ瞳でナターリエの顔を見つめる。

「ああその猥りがましい顔——堪らぬな、腰にくる」

ギルベルトは素早くナターリエの部屋着を剥いでしまう。

「あっ」

あっという間に生まれたままの姿にされ、ナターリエは性急なギルベルトの態度に戸惑う。

ギルベルトは両手でたわわなナターリエの乳房を掴み、両手でやわやわと揉みしだいた。揉《も》み込《こ》みながら、長い指先で乳首を摘んですりすりと擦り上げてくる。

「はあっ……ん」

先端を少し触れられただけで、子宮にまでつきんと痺れる疼きが走り、淫らな蜜がじわりと太腿の狭間を濡らしてしまう。あまりにも感じやすくなっていたことに、我ながら驚いた。

「俺は一度死んだからな。今度はお前を死ぬほど悦くしてやる」

ギルベルトは艶めいた声を出して、ナターリエの胸に端正な顔を埋め、尖り切った乳嘴を口に含む。

彼の舌がざらりと先端を舐め回すと、むず痒い刺激がきゅんきゅんと媚肉をうごめかせる。

ギルベルトはいやらしく舌をうごめかせながら、もう一方の乳嘴を指の間で擦り潰すようにして、こりこりと揉み込んだ。

「んんっ、あ、や、はぁあ」

腰がびくびく震え、下腹部の奥がつーんと甘く痺れた。信じられないことだが、乳首の刺激だけで再び達ってしてしまった。

「……はぁ、は、あぁ……やだ、私……」

息を乱し、涙目でギルベルトを見上げる。

ギルベルトが妖しい表情で薄く笑う。

「なに？　もう達してしまったのか？　他愛《たあい》ないな」

「だ、だって……」

顔を赤らめて、言葉を濁す。

わずか三日の別離だったが、ナターリエには何年も過ぎたように感じられた。

ギルベルトの生存をじっと牢で待つのは、命を削られるような辛さだった。

だから、彼が無事に復活したとわかった瞬間、身も心もギルベルトを渇望して止《や》まなかったのだ。

「俺が欲しかったんだな——ここが、そう言っている」

ギルベルトが右手をナターリエの下腹部に下ろし、薄い茂みの奥をまさぐった。

「ひうっ」

ぬるりと指が滑り、割れ目に沿って軽く触れただけで、腰がひくりと大きく浮いた。

「ああもうとろとろじゃないか——少しもここに触れていないのに」

ギルベルトは綻んだ花弁の内側にぬくりと指を差し入れ、蜜口の浅瀬をくちゅくちゅと掻き回す。熱く疼いていた箇所をいじられると、ぞくぞくと甘い衝撃が背中を駆け抜け、身体が淫らに波打ってしまう。

「んんぅ、あ、あ、ぁあ……」

「その甘い声、いいな、もっと啼《な》かせたい」

ギルベルトは粘つく愛液を指の腹で掬い取ると、すっかり充血してた秘玉をぬるりと撫で回した。腰が抜けそうなほど凄まじい刺激が全身に広がり、腰が大きく跳ねた。

「ひゃうっ」

脳芯まで鋭い喜悦が駆け抜けて、甲高い嬌声を上げてしまう。

「お前の可愛い蕾が、もうぱんぱんに膨れているな。触って欲しくて仕方ないという風情だ」

ギルベルトの長い指先が、肉芽をぬめぬめと転がし、触れるか触れないかの力で前後に揺さぶってきた。

「あっ、あぁ、いやぁ、あ、そこ、だめ、そんなに……あぁっ」

快感に滾る肉粒がもたらす淫靡《いんび》な快感が尻上がりに高まって、繰り返し襲ってくる。

「やあっ、あ、もう、あ、はや、い、もう、あ、達っちゃう……っ」

隘路の奥から甘露がどっと溢れてきて、両足が求めるように大きく開き、目の前がちかちかする。

「達《い》くっ……っ」

息が詰まり全身が硬直し、ナターリエはあっという間に極めてしまった。

「はぁっ、は、はぁ、はぁあ……」

下腹部の奥がきゅんきゅん痺れ、内壁が次なる刺激を求めてわななく。

「たやすいな、ナターリエ。もっともっと感じさせてやろう」

ギルベルトは人差し指と中指と揃えて、ゆっくりと胎内に押し入れてきた。

「んんっ……」

疼き上がった媚壁を満たされる感触を、ナターリエは目を閉じて心ゆくまで味わおうとした。

揃えた指はぐぐっと奥深くまで潜り込み、子宮口の手前のどうしようもなく感じてしまう箇所を押し上げた。

「あ、あぁん、あぁ、あ」

きゅーんと内壁が甘く痺れ、糖蜜が蕩けるような愉悦が全身に広がっていく。それが下腹部に満ち満ちて溢れそうになる。

ゆっくりと指が抜け出ていき、再び押し込まれる。くちゅんくちゅんと卑猥な水音を立てて、感じやすい熟れ襞を往復された。その速度が次第に速くなり、ぐちゅぐちゅと淫猥な音を立てて、指が出入りする。奥をぐいっと押し上げ、濡れ襞を擦り上げられる熱い刺激こそ、求めていたもので、ナターリエは背中を弓なりに仰け反らせて、ひっきりなしに喘ぎ声を漏らす。

「あぁあ、あ、あぁ、は、はぁ、あぁぁあっ」

すぐに絶頂が襲ってくる。足先がぴんと突っ張り、声がさらに上ずっていく。

「やぁ、あ、だめぇ、も、あ、また、またぁ……っ」

指の動きがさらに加速され、奥を連続して突き上げられ、深い快楽に我を忘れてしまう。

「あ、達く、達っちゃう、あ、やあぁぁぁーっ」

腰がびくんびくんと浮き上がり、ナターリエは絶頂を告げるが、ギルベルトは指の動きを止めることなく、さらに官能の源泉を擦り続けた。

「やあ、も、もう、達ったの、達ったからぁ……っ」

堪えきれない悦楽に、思わずナターリエの腰が逃げた。しかしギルベルトは空いている方の手でナターリエの腰を掴んで引き寄せ、止めることなく指の行き来を繰り返した。

感じすぎた胎内のどこかが、ぱかっと開くような錯覚に陥る。

「あ、だめぇ、出ちゃう……あ、やぁ、だめ、あ、だめえええっ――」

狙い澄ましたようにギルベルトが指を引き抜くと、じゅわぁっと大量の愛潮が吹《ふ》き零《こぼ》れた。さらさらした透明な飛沫が、シーツに淫らな染みを広げていく。

「……は、ぁ、は、はぁ……はぁあ……」

ナターリエは息も絶え絶えになって、浅い呼吸を繰り返した。

ギルベルトが満足そうにささやく。

「潮を吹くほど、感じてしまったかい？」

「う、うう……ひどいわ……こんなの……」

ナターリエは濡れた眼差しで、恨みがましくギルベルトを睨む。最近は、官能の源を刺激され続けると、こんなふうにはしたない潮を吹いてしまう。それが恥ずかしくてたまらない。

「なぜ？　お前がとても感じている証ではないか。俺の指で潮を吹くお前は、とても可愛いぞ」

ギルベルトが熟れた顔を覗き込むようにしてくる。ナターリエは赤面して視線を逸らす。

「何回潮を吹くかな。試そうか？」

ギルベルトはそうつぶやくや、まだ快感の余韻に痺れている蜜口に指をあてがい、一気に突き入れてきた。

「やあああぁっ――っ」

瞬時に絶頂に飛んだ。

ギルベルトは胎内で指を鉤《かぎ》状に曲げると、秘玉の裏側あたりのどうしようもなく感じてしまう部分をぐうっと押し上げてきた。

「だめぇ、そこだめぇ、も、もう、おかしく、あ、あぁぁぁあっ」

あまりに気持ち良すぎて、限界を超えてしまい堪えきれない。もうやめてほしいのに、さらに喜悦の源泉をぐいぐいと押し上げられた。

「あふ、あ、も、あ、また、また、達くぅ――っ」

呆気ないくらい簡単に絶頂を極めてしまう。なのに、ギルベルトの指は容赦なく指を往復させた。

ナターリエはぽろぽろと涙を零《こぼ》しながら、いやいやと首を振る。

「やめてぇ、もう、もうっ……やあ、あぁ、だめぇ、出る……っ」

ナターリエの腰がびくびくと痙攣する。

ギルベルトが指を引き抜くと同時に、熱い愛潮がぴゅっぴゅっと断続的に吹き上がった。ナターリエははあはあと犬のように喘ぎながら、啜り泣く。

「はぁ、あ、うう、あぁ、もういやぁ、達くの、いやぁ……」

あまりに激しい快楽の連続は、責め苦に近い。

華奢な肩を震わせて、赤子のように泣いてしまう。

「ふふ――なんて愛らしいんだ。悦過ぎて泣いてしまうなんて、ほんとうに可愛い」

ギルベルトはやっと指を引き抜くと、汗ばんだナターリエの身体を抱きしめ、唇で涙を吸い取る。

「んん……も、意地悪……ギルベルト様の、意地悪……」

恨めしい声を出し、潤んだ瞳でギルベルトを睨む。潮を吹き過ぎて、下腹部が痺れて感覚がなくなっている。

「お前がとてもいい反応をするから、ついついいじめたくなる。気持ち悦くして恨まれるなんて、筋違いだろう」

「だって……だって……」

「悪かった——では、もうやめようか。もう寝るかな？」

ギルベルトはナターリエの真っ赤に染まった耳朶に口づけしながら、低い声でささやく。

「う……ぁ……」

そんなふうに言われると、まだひくついている媚肉が物足りなげに疼く。

なんて欲張りで淫らな身体になってしまったのだろうと、我ながら呆れるが、やっぱり最後はギルベルトを受け入れて一緒に終わりたい。

愛する人と一つになるのは官能の快楽以上に満たされて、この上なく幸せな気持ちになるからだ。

「……やめ、ないで……」

消え入りそうな声で言う。

「ん？　なんだって？」

ギルベルトがわざとらしく聞き変えす。そしていたずらするように、尖り切った乳首を指先でくりくりと掠めるように撫で回してきた。

「あ、やぁ、ぁあん」

あっという間に甘い痺れが媚肉全体に行き渡り、蜜口がひくひくと開閉を繰り返した。新たな情欲に全身が昂り、ナターリエはもどかしげに腰をもじつかせた。

「も、もう、いやぁ、いじめないで……早く、きてください……」

じんじんと疼き飢える股間をギルベルトの下腹部に押し付け、誘う。彼のそこは、ガウン越しにも淫らな造形がはっきりとわかるくらい硬く張っていた。

「ギルベルト様で私を満たしてください。全部欲しいの、お願い」

「そんな可愛いおねだりをされたら、応えないわけにはいかないな」

ギルベルトはもはやあまり余裕のない声でつぶやく。彼は素早くガウンを脱ぎ捨てると、ナターリエに覆い被さり、ぞくぞくするほど色っぽい表情で見下ろしてきた。

「愛しているよ」

「私も愛しています」

彼の灼熱《しゃくねつ》の欲望が、どろどろの肉うろに押し当てられる。ぬくりと剛力が押し入ってくる。濡れに濡れていた媚肉は、あっさりと肉棒を呑み込んでしまう。

「んんんぅーっ」

胎内を満たしていく圧迫感に下腹部が甘く痺れ、一瞬意識が飛びそうになった。

「ああお前の中は熱いな——」

根元まで挿入したギルベルトは、満足そうなため息を吐いた。

ナターリエはギルベルトの背中に両手を回し腰に両足を絡め、さらに密着する。身体の奥深くに脈動するギルベルトの欲望を感じると、それだけで媚肉がきゅんきゅん収斂してしまう。

「く——そんなに締めてはまだ動いていないのに、終わってしまいそうだ」

ギルベルトが余裕のない声でささやく。同時に、小刻みに腰を穿《ほじ》り始めた。硬い先端が子宮口まで押し開くように突き上げてくると、下腹部の奥に熱い愉悦が弾ける。

「ふあっ、あっ、あ、あ、奥、あ、当たる……ぅ」

頭が真っ白に染まるような悦楽に、身体中の感覚がギルベルトを受け入れている一点に集中していく。

「ここが好きだろう？　悦いのだろう？」

ギルベルトは息を弾ませながら、がつがつとナターリエのどうしようもなく感じてしまう箇所を抉ってくる。それは、先ほど指戯で官能の源泉を直に刺激し一瞬で弾けるような感覚ではなく、じわじわと尻上がりに高まっていく悦びだ。

「うぅんん、あぁ、悦い、すごく、悦いの……っ」

ギルベルトの律動に合わせて、心地よさはどんどん増幅していく。彼と共に快楽の高みを目指す悦びは、なにものにも変え難い。

「俺も気持ち悦い――奥が吸い付いてとろとろに蕩けて――最高だ」

「嬉しい……ギルベルト様」

彼への愛情と与えられる快楽にナターリエはただただ酔いしれ、彼の抽挿に合わせて媚肉を締め付けた。

「く――もう、もたない――一度、達くぞ、ナターリエ」

ギルベルトの腰の動きがやにわに速くなった。傘の開いた亀頭がずんずんと奥の奥まで突き上げて、さらなる悦楽の扉を開こうとする。

「あ、あぁ、あ、あ、来て、あ、すごい、あ、あぁぁ、すごいのぉ」

どくん、と胎内でギルベルトの肉茎が蠢動《しゅんどう》し、一段と膨れ上がる。嵩《かさ》の増した太いもので熟れ襞を擦られるともう堪らなく感じてしまい、媚肉がひくんひくんと蠢《うごめ》いては収縮を繰り返す。

「っ――も――う――っ」

ギルベルトがくるおしく呻き、ナターリエの胎内でどくどくっと小刻みに脈打った。熱い白濁液が解放される。

「あ、あぁ、ああん、あぁ、熱い……っ」

ほぼ同時に達したナターリエは、四肢をびくつかせながら腰を跳ね上げ、ギルベルトのすべてを受け入れようとする。感じ入った蜜口が、男の肉胴をきゅっきゅっと断続的に締め付け、最後の一滴まで搾り取ろうとする。

「……は、はぁ、はぁ……ぁあ……」

精魂尽き果て、ナターリエはぐったりとシーツの上に身体を投げ出した。

ギルベルトの方は、射精してもなお勢いを失わない肉棒で、ぐちゅぐちゅとナターリエの中を掻き回した。愛液と精液の混じったものが、泡立って媚肉から掻《か》き出される。とろりと股間を伝う生温《なまぬる》い感触に、ぞくんと背中が震えた。

「あぁん、やぁん……」

まだ悦楽の余韻に浸っている内壁が、ひくりひくりと痙攣を繰り返した。

「ああ中がどろどろだ、いやらしくぬるぬるして、堪らないな」

ギルベルトは硬度を保ったままの屹立で、ゆっくりと出入りを繰り返す。あまりに滑りが良くて、勢い余って外れそうになるくらいだ。

「や、も……だめ、おかしくなっちゃうからぁ……」

「俺の前だけなら、おかしくなっていい。もっとおかしくさせてやろう」

「え……？　ま、だ？」

ナターリエは酩酊した顔でぼんやりとギルベルトを見上げた。

彼はニヤリと笑い、ナターリエの腰を抱え繋がったままぐるりと反転させた。

「ひあっっ」

いつもと違う箇所を掻き回され、ナターリエは甲高い悲鳴を上げてしまう。ギルベルトは弛緩《しかん》したナターリエの身体を、枕に押し付けるようにうつ伏せにさせ、お尻だけ持ち上げる体位にさせた。そのままゆっくりと律動を開始する。

「あ、あ、やぁ、もう、やぁ……っ、今、だめぇ……」

ナターリエは悲鳴じみた声を上げるが、ギルベルトは平然と腰を穿ってくる。すでに彼の欲望は元の硬度を取り戻していた。

なんという精力だろう。これがかつて、性的不能に悩んでいた人物と同じとは到底思えなかった。

「あ、あぁ、もう許して……っ、もう、だめ……え」

力の抜けた身体で前に這いずって逃げようとしたが、力強く腰を引き戻され、さらに深く挿入されてしまった。

「いやぁあ、あぁ、ああぁっ」

後ろから突かれると、ギルベルトの膨れた陰嚢が律動に合わせてナターリエの鋭敏な花芯を擦り上げ、それがまた淫靡な快感を呼び覚ます。

「いやだいやだと言いながら、中はきゅうきゅう締めてくるぞ」

ギルベルトは息を荒がせ、途切れ途切れの声を出す。

「……ひぃ、あ、あっぁ、あぁあ……おかしく、なっちゃう……」

ナターリエは総身をびくびくとわななかせ、激烈な喜悦に意識を失いかけた。

「気持ち悦い、悦いぞ、ナターリエ、そら、また出すぞ、全部、受け入れろ」

ギルベルトの方も劣情に取り憑かれた一匹のオスになりきっていた。彼はぶるりと大きく胴震いすると、再びナターリエの最奥へ熱い飛沫を注ぎ込んでくる。

「あ、あ、あ、ぁあぁぁ……」

すべてを受けいれたナターリエは、ぐたりとシーツの上に倒れ込む。まだ絶頂の余韻が去らず、ぴくぴくと断続的に身体が震える。

「――ナターリエ」

吐精を終えたギルベルトは、そのままゆっくりとナターリエの背中の上に崩れ落ちてくる。彼はナターリエの汗ばんだうなじや背中に舌を這わせ、浅い呼吸を繰り返した。

「ああ――最高だ」

彼の満たされ切った声を聞くと、ナターリエの濡れ襞が嬉しげにひくついた。その動きを感じたらしいギルベルトが、ふふっと忍び笑いを漏らした。

「まだ足りないか？」

「え、ぁう?」

耳の後ろでふうっと熱い息と共に艶めいた声でささやかれ、ナタ―リエは変な声が出た。

「い、や、もう……」

「待っていろ、すぐに勃たせるから」

ギルベルトが耳朶を甘噛みしながら、軽く腰を振ってきた。

まだするというのか。

「……いや、も、う、少し、休ませて……」

ナタ―リエは薄桃色に染まった身体を必死にくねらせて、ギルベルトから逃れようともがいた。

「今夜は、何回出せるか数えるかな」

ギルベルトが軽口を叩くが、冗談に聞こえない。ナタ―リエはいやいやと首を振った。

「お願いです、もうだめなの、ほんとに死んじゃう、からぁ」

本気になって啜り泣く。

「くそ、可愛いぞ。感じ過ぎて泣いてしまうなんて、可愛すぎるぞ、ナタ―リエ」

ギルベルトはちゅっちゅっとナタ―リエの髪や首筋、頬に口づけを落としてきた。

ひくひく肩を震わせて泣きじゃくるナタ―リエを、ギルベルトは背後からぎゅっと抱きしめる。

「泣いているお前も、可愛い。なにもかも、可愛い」

そんなふうに甘くささやかれたら、胸が幸福感でいっぱいになってしまう。愛されているという悦びに、全部許してしまいそうになる。

ナターリエは肩越しに涙に濡れた顔を振り向け、おずおずと言う。

「乱暴に、しないなら……」

ギルベルトがにっこりする。

「無論だ。うんと優しくしてやる」

彼は薄桃色に染まったナターリエの肌に口づけを落とし、背後から胸の膨らみを掴んで揉みしだいてくる。指で乳首を摘まれたり撫で回されたりすると、むず痒い刺激はあっという間にナターリエを淫らな気持ちに追い込んでしまう。

「あ、ん、んん……」

「いい声だ。ほんとに感じやすくなったな——全部俺がそういう身体に仕上げたんだ。そう思うと、興奮が止まらぬ」

恐ろしいことに、ナターリエの胎内に収まっていたギルベルトの欲望はじわじわと硬くなっていく。

「もう、やだぁ……、ぁ、あぁ、ん」

いつの間にかギルベルトのペースに呑み込まれてしまう。

こうして、ナターリエは夜通し甘く啼かされるはめに陥ったのである。

最終章　愉悦王のこじれた初恋

その後、王太后とエンデル薬師長官は、ギルベルト暗殺未遂の罪に問われた。

ただ王家の人間ということもあり、王太后は国王命で恩情をかけられることとなり、位と財産を没収されて辺境の小さな別城で余生を過ごすことになった。

エンデル薬師長官は、薬師の免許と財産を剥奪《はくだつ》され国外追放にされた。

アーラン神官は、王太后の息子といえどすでに俗世を捨てており、今回の暗殺未遂事件を未然に防ぐ立役者となったことで、お咎めなしということとなった。


新年早々。

国王ギルベルトとナターリエの結婚式が華々しく執り行われた。

その日は祝日となり、国中の民たちが若き国王夫妻の誕生を心から歓迎祝福した。

「王妃様、そろそろウェディングドレスにお着替えを——」

礼装に身を包みおめかしをしたミッケが侍女たちを引き連れて、ナターリエの化粧室に現れた。

「やだわミッケ。まだ『王妃様』ではないわ」

椅子に座って控えていたナターリエは、ぽっと頬を染めた。

「でも、先ほど婚姻届は出されたのですから、やはり王妃様ですわ」

ミッケはそう言いながら、背後にいた侍女たちに合図した。ウェディングドレスの収めてある大きな衣装箱を、侍女たちが運んできた。ミッケは蓋を開き、ウェディングドレスを取り出した。それを見た途端、ナターリエは思わず声を上げてしまった。

「あっ⁉ それは？」

ウェディングドレスは濃いグリーン色に染められてあったのだ。先日衣装合わせをした時には、一般的な白いウェディングドレスだったはずだ。

ミッケがにっこりする。

「国王陛下のご命令で、この色に染めるように言われたのです。この色こそが、王妃様に一番ふさわしい色だとおっしゃられて——」

「……ギルベルト様が？」

感動で声が震えた。

そして、かつて幼い頃の思い出が蘇る。

(私ね、いつかお父様の後を継いで立派な薬師になって、国王家の紋章入りの濃いグリーン色の礼服を着るのが目標なのよ)

初めて出会った時、王太子だったギルベルトにそう語ったのだ。

少年のギルベルトは微笑を浮かべて、

(素敵な目標だね)

と言ってくれた。

まさか、彼はあの時のことを覚えていたというのだろうか。

「さあ王妃様、お立ちください。着付けいたしましょう」

「え、ええ……」

ナターリエは万感の思いでそのウェディングドレスに袖を通した。

着付けと髪結いと化粧が終わり、ナターリエは大きな姿見の前に立つ。

「王妃様は透けるように白い肌をなさっておられるので、このグリーンがよく映えますこと」

ミッケも侍女たちも、うっとりとナターリエの華麗なウェディングドレス姿に見惚れている。

ナターリエはまっすぐに自分の姿を見つめた。

気品と威厳に満ちた王妃の姿がそこに映っている。

これがかつて、化粧気もなく薬に汚れたエプロンを着けて村を往診していた娘だとは、誰も信じないだろう。

胸がいっぱいになり涙が出そうなるところを、ぐっと抑えた。

最後に、白薔薇の花のブーケを持ち、薄い透けるレースで織られたグリーンのヴェールを被《かぶ》せられる。時間になると、ハンスが出迎えに来た。彼は先だってギルベルトから総務大臣の職を与えられていた。今や、ギルベルトの右腕としてなくてはならない存在になっている。

「王妃陛下、そろそろ大聖堂に向かいましょう」

ハンスが重々しく告げた。

「はい」

ナターリエは深呼吸すると、右手をハンスの手に預けた。ミッケが素早く背後に周り、長いヴェールを持って捌《さば》いた。

先頭は赤い礼装姿の近衛兵たちだ。彼らは祝いの剣を顔の前に掲げ、膝を曲げずまっすぐに足を伸ばした歩き方で行進を始めた。

その後を、ナターリエとハンスが一歩一歩進んでいく。

回廊を抜けて城内の大聖堂に辿り着いた。扉は大きく開かれている。

そこに待機していた衛兵の一人よって、高らかにラッパが吹き鳴らされた。

「花嫁のご到着にございます」

近衛隊長が張りのある声で告げた。

「参りましょう」

ハンスが小声で促す。

ゆっくりと大聖堂の中に足を踏み入れた。にわかに緊張で心臓がドキドキしてきた。

パイプオルガンが荘厳な祝婚曲を奏で始める。

大聖堂の中は、立錐《りっすい》の余地もないほどの参列者で埋め尽くされていた。国内外の要人が多数招かれている。その中には、ハイネマン伯爵家の家族の顔も見える。父も母も姉たちも、感慨深い顔でナターリエの晴れ姿を見守っている。

中央の通路に赤い絨毯が敷かれ、その先の祭壇の前に国王ギルベルトが待ち受けていた。祭壇の脇には、今回の婚姻の儀式を執り行うアーラン神官の姿もあった。

ギルベルトは、軍服風の立襟に金の肩章と金モールに飾られた純白の礼装姿だった。胸元に、ナターリエのブーケと同じ白薔薇が一輪挿してある。腰に金糸の縫い取りのあるサッシュを巻き、そこに金の礼装用のサーベルを指し、姿勢良く立っている姿は威風堂々としていて、まさに王者の風格が漂っていた。

金色の髪を綺麗に撫でつけ、青い双眸はまっすぐにこちらを見つめている。

彼に近づくにつれ、ナターリエは心臓の鼓動がどんどん速くなるのを感じていた。

ほんとうに「愉悦王」の妻となるなんて信じられず、まだ夢見心地だ。

ハンスはギルベルトの前まで来ると、彼の手にナターリエの手を預けた。

ギルベルトが目を細めた。

「とても美しいな」

低く響きのいい声に、ナターリエは胸がいっぱいになって目頭が熱くなる。

「ギルベルト様、このウェディングドレス、ほんとうにありがとうございます」

「お前を驚かせようと思って、ミッケたちには秘密にするように命じておいたんだ」

「驚きました。グリーン色のウェディングなんて……」

「お前は俺専属の薬師だからな。今までもこれからも、永遠に。その色こそが、お前に一番ふさわしい」

「う……嬉しい……」

とうとう耐え切れずに涙がほろほろと零れてしまう。ギルベルトが素早く内ポケットから自分のハンカチを出して差し出した。受け取って涙を拭う。

「ご、ごめんなさい、晴れの門出に、泣いたりして……」

ギルベルトが白い歯を見せる。

「幸福な花嫁の涙なら、いくら流してもかまわないさ」

アーラン神官が控えめに声をかけてきた。

「では、お二人とも祭壇にお向きください」

二人は並んで祭壇に向いた。

アーラン神官が婚姻の誓約の言葉を述べ始める。

「健やかなる時も、病める時も――その命ある限り、互いに慈しみ真心を尽くすと誓いますか?」

ギルベルトは滑らかな響きのいい声で「はい」と答える。

ナターリエは少し震える声で答えた。

「はい」

結婚指輪の交換を済ますと、

「では、誓いの口づけを――」

と、促す。

二人は向かい合った。

ギルベルトがナターリエの顔を覆う薄いグリーンのヴェールをゆっくりと持ち上げた。

はっきりと彼の顔が見えた。

ギルベルトの白皙の頬が、わずかに紅潮していた。いつも自信満々な彼でも、自分の結婚式には緊張するのだな、とナターリエは少し微笑ましく思う。

ギルベルトはナターリエの腰にそっと手を添え、唇を重ねた。この甘やかで優しい口づけの感触は、一生忘れることはないだろう。

アーラン神官が高らかに告げた。

「ここに、この二人が夫婦になったことを宣言します」

同時に、パイプオルガンが壮麗な曲を奏で始める。

「行こうか」

ギルベルトが優しく声をかける。

「はい」

二人は手を組んで、堂々とした足取りで祭壇前から出口へ敷き詰められた赤絨毯の上を歩いていく。

参列者たちは惜しみない拍手で二人を見送った。

婚姻の誓約を済ませた国王夫妻は、城の正門前から無蓋の四輪馬車に乗り込み、首都のメインストリートをパレードした。

世紀のロイヤルウェディングをひと目見ようと国中から民たちが集まり、沿道をぎっしりと埋め尽くした。

前後を白馬に跨《また》がった近衛兵たちに守られ、煌びやかな馬車はおごそかに進んでいく。割れんばかりの歓声と拍手が上がる。

「愉悦王万歳！　王妃様万歳！」「国王陛下夫妻おめでとうございます！」「グーテンベルグ王国に永遠の栄えあれ！」「お幸せに！」

雨あられと降り注ぐ祝福の言葉を受けながら、ギルベルトとナターリエは左右に居並ぶ人々に満面の笑みで手を振った。

ギルベルトは端正で威風堂々とし、ナターリエは初々しくも気品に満ちた美しさで、まさに絵に描いたようなロイヤルカップルであった。

国王夫妻が結婚して三ヶ月が経つ頃である。

ナターリエは慣れない王妃の務めを、毎日精いっぱい努めていた。その合間を縫って、薬の研究にも余念がなかった。王妃になっても、国王専属の薬師という役目は変わらないからだ。

その日の午後、作業室で薬作りをしていたナターリエのもとに、ふらりとギルベルトがやってきた。

「ギルベルト様、執務中においでになるなんて、珍しいですわね」

予告なく現れたギルベルトに、ナターリエは急いで作業用のエプロンを外し、髪を撫で付けた。

「うん、一刻も早くお前に知らせたいことがあってな」

「あら、なんでしょう？」

「まあ、ついてこい」

ギルベルトは多くを説明せず、ぶっきらぼうに言う。

「俺とお前の秘密の場所だ」

「秘密？」

ギルベルトがさっさと先に立って歩き始めたので、ナターリエは慌ててその後を追った。

ギルベルトは王族専用の通路を使い、城の奥へ向かっていく。ナターリエは急ぎ足でついていく。

「ギルベルト様、いったいどこへ？」

ギルベルトはナターリエが息を切らしているのに気がついたのか、さっと右手を差し出した。

「ああすまぬ、手を貸すのを忘れてしまって。気が急いていたんだ」

ギルベルトはナターリエの手を取ると、歩調を緩めて進んだ。

やがて、奥庭に通じる回廊に出る。

ギルベルトは庭に踏み込むと、目の先を指差した。

「見ろ」

「え――？」

以前はうっそうと木々が茂っていた場所がきれいに更地にされ、畑のようになっている。

ギルベルトはナターリエをそこへ誘導した。そして、少し自慢そうに言う。

「どうだ？　これがなんだかわかるか？」

ナターリエはそこに栽培されてあるたくさんの草木を見て、目を見開いた。

「まあ、これは――！」

思わずその場に足を踏み入れた。彼女はそこに植えられている植物に、次々と触れていく。

「これはタイリクバーベナ。これはセイヨウオオバコ。あっちはトウホウヘンルーダだわ。これはクチナシミロバナン。ああ、あそこにはコウザンヤドリギまで！」

どれもこれも、国内では手に入らない外国の希少な薬草ばかりだ。

「あそこの温室には、南国でしか育たない薬草を栽培させている」

ギルベルトは畑の隅に建てられた温室を指差した。

「ああ……すごいわ」

ナターリエは感動で声が震えた。ギルベルトが続ける。

「地下室には、貴重な薬鉱石を保管してある」

ここは薬師にとって、まるで楽園のようではないか。

「お前のために、大陸中の珍しい薬草や薬木を手に入れて、ここで栽培させていたんだ。いろいろ試行錯誤もあったが、やっと順当に育成できるようになった」

「私のために、こんな――嬉しい、嬉しいです……！」

ナターリエはキラキラした瞳でギルベルトを見つめた。

ギルベルトは眩しそうに目を細める。

「お前は言ってたろう？　いつか世界中の国を回って、ありとあらゆる薬草や薬鉱石を手に入れて、どんな病気や怪我でも治したいと。それが自分の夢だと」

「覚えておられたのですか？」

初めてギルベルトに出会った時、確かに自分の夢を語った。だが、そんな少女の他愛もない夢物語を、まさか王太子だったギルベルトが覚えていてくれたなんて。

「もちろんだ。だが、王妃になったお前では、そうやすやすと世界中を回ることも難しい。だから、ここへ集めさせたんだ。これで、いつでも好きなだけ薬の研究ができるぞ」

満足そうに語るギルベルトの顔を見ながら、ナターリエはふと疑問が浮かんでくる。

「でも、どうしてそんな一度会ったきりの子どもの私のことを覚えていて、夢を実現してくださったのですか？」

「え――？」

ギルベルトが拍子抜けしたような顔になった。彼は白皙の目元をわずかに赤らめ、むすっとして答える。

「そんなの、お前を好きだったからに決まっているだろう」

「そうなのですね――いえ、待って……」

ナターリエはしばし考え込む。それから、自分も目元をぽっと染めて小声でたずねた。

「あの、もしかしたら、初めてお会いした時から、私のことを好ましく思っていたということなのですか？　私はてっきり、薬師として呼ばれてから好意をもってくださったのかとばかり思い込んでいました」

ギルベルトがふいに顔を背けた。

「――ずっと、好きだった。文句があるか？」

「いえ、文句などありません。でもでも、それなら再会した時におっしゃってくださればよかったではないですか？」

「――」

ギルベルトは黙り込んでしまった。ナターリエからは彼の表情が見えない。ただ、彼の形のいい耳が赤く染まっているのははっきりとわかった。

ナターリエは足音を忍ばせて、ギルベルトの前に回った。そして顔を覗き込む。

「ギルベルト様？」

「――」

ギルベルトは視線を外す。ナターリエはその目線を追いかけて、視線を合わそうとした。

ギルベルトが小声でぼそりとつぶやく。

「――たら、格好悪い」

よく聞こえない。

「え？」

聞き直すと、ギルベルトがやにわに大声を出した。

「告白して、お前に拒絶されたら、格好がつかないではないか！」

「は……？」

ナターリエはあっけに取られた。

口にしてしまうともはや抑えがきかなくなったのか、ギルベルトは拗《す》ねたような顔つきで、早口で捲《まく》し立てた。

「ずっとお前が好きだった。俺の初恋だ！　だから、大人になったら絶対にお前を俺の妻にすると決めていたんだ！　お前を伯爵家の跡継ぎにはさせたくなかった。それで、身分のある独身の薬師をお前の姉に出会わせて結びつけたんだ。そうしてお前を自由の身にさせ、俺の元に呼び寄せた。いつも側に置いて、いつか俺のことを好きにさせて――そして――」

「ちょ、ちょっとお待ちください！」

ナターリエに横槍《よこやり》を入れられて、ギルベルトがむっとする。

「なんだ？」

「私が初恋なのですね？」

「そうだ」

「私を妻にするために、裏でいろいろ手を回していたんですね？」

「――そうだ」

「私にふられるのが怖くて、告白できなかったんですね？」

「そ――そうだ」

ナターリエは胸に溢れる彼への愛おしさに、全身が熱くなる。そして、不器用に初恋を拗《こじ》らせてしまったギルベルトが、可愛らしくてならなかった。

「ギルベルト様ったら……」

ナターリエはそっとギルベルトの両手を握った。彼の掌《てのひら》は、一世一代の告白をしたせいかひどく汗ばんでいた。

ナターリエはギルベルトの手の甲に優しく口づける。

「私も、ずっとずっとあなたのことが好きでした。この庭で、初めて出会った王太子の頃からずっと……」

ギルベルトの顔がパッと明るくなる。

「ほんとうか⁉」

「ほんとうですとも。私の方こそ、身分違いの恋が成就するなんて、思ってもみませんでした」

「――ナタ－リエ」

ギルベルトが気持ちを込めて見つめてきた。

ナタ－リエも同じくらい強い愛情を込めて見返す。

「俺たち、ずいぶんと遠回りをしてしまったのだな」

ギルベルトが苦笑した。ナタ－リエも笑い返す。

「ええ、ほんとうに」

ギルベルトが神妙に謝罪した。

「――お前の姉の結婚については、策略をしてすまなかった」

「あらいいんです。姉夫婦は今でもラブラブですもの。よいお相手だったのですわ。ギルベルト様は人を見る目がお高いから」

ナタ－リエは真摯に答えた。ギルベルトは軽く息を吐き、いつもの尊大な態度に戻った。

「そうか――では、終わりよければすべてよし、だな?」

「ふふ、そういうことですね」

二人は顔を見合わせてにっこりした。

「ナタ－リエ、愛して――」

ギルベルトが両手を差し伸べて言いかけた時、ナターリエは、はっと足元の薬草に目をやる。

「まあ！　これはフェヌグリーヌではないですか。この薬草、女性の病気にとても効くんですよ！

ミッケが月のものが重いと言っていたので、助かるわ！」

しゃがみ込んで、せっせと薬草を摘み始めた。

「ナターリエ」

「あら、こっちのペニロイハッカは肝臓に効くんです。最近ハンスはお酒を呑みすぎる時があるから、
これでお薬を——」

「ナターリエ！」

やにわに背後からギルベルトに抱きすくめられる。

「あ……」

ギルベルトが首筋や耳裏に唇を押し当て、悩ましい声でささやく。

「薬草もいいが、俺のことをないがしろにするなよ」

「そんなつもりは……ごめんなさい、つい夢中になって」

「まあその一途なところが、お前の美点だからな」

言いつつ、ギルベルトの唇がナターリエの唇を塞ぐ。

「んん……」

最初は唇を啄むような口づけが、そのうち深いものになり、お互いの舌が絡み合う口づけへと変わっていく。

「ふぁ……ん、んぅ……」

舌と舌を擦り合わせ唾液を啜り合い、愛情を伝えるような口づけを繰り返しているうちに、甘い痺れが全身に行き渡り、ナターリエの身体からくたりと力が抜けてしまう。

ギルベルトはしっかりとナターリエの背中を抱きかかえ、さらに深い口づけを仕掛けてきた。口蓋の感じる箇所を執拗に舐められると、もうダメになってしまう。

「ぁ……ぁん、だ、め……ぇ」

甘い鼻声を漏らし、ギルベルトからの口づけをうっとりと受け入れてしまう。

長い長い口づけの果てにやっと唇を解放したギルベルトが、濡れた眼差しで見つめてくる。

「欲しくなった」

その言葉の意味を理解したナターリエは、慌ててギルベルトの腕から逃れようとした。

「だめです、昼間から……」

「だめも何も、お前が悪い。お前があまりに可愛いからだ」

「わ、私のせいですかっ?」

「そうだ。お前がいれば、俺には媚薬など必要ない。お前が丸ごと俺の媚薬だからな」

「もうっ……やめてください」

ナターリエは恥ずかしくて顔から火が出そうになる。

「やめぬ」

すっかりいつもの尊大なギルベルトに戻って、彼は軽々とナターリエを抱き上げた。

「あ」

「少しの間だけ、寝室に行こう」

ギルベルトはナターリエの顔中に口づけの雨を降らせ、城内へ歩き出す。

「もうっ……ほんとうに少しの間、ですよ」

小声で念を押すと、ギルベルトが破顔した。

「そら、お前だって俺が欲しいくせに」

「……意地悪ね」

「そこが好きなんだろう？」

ナターリエは軽くため息をついて答える。

「好き、です」

ギルベルトがこの上なく満足そうに微笑んだ。

寝室に辿り着くと、ギルベルトはナターリエの顎に指をかけ、仰向かせて唇を重ねてくる。

「ん……」

触れ合った唇から、ギルベルトの熱い情熱が体内に流れ込んでくるような気がした。

ギルベルトはちゅっちゅっと啄むような口づけを繰り返し、ナターリエの背中に手を回して強く抱きしめてきた。ナターリエの顔中に口づけの雨を降らせ、細い首筋に顔を埋める。唇と対照的に、彼の高い鼻梁《びりょう》はひんやりとしていた。鼻先で首筋を撫でられると、擽ったさに身を捩ってしまう。

「あ……」

ギルベルトはドレスの胴衣の釦《ぼたん》を素早く外し、コルセットも緩めて上半身を剥いてしまう。そのまま肩口に唇を下ろし、鎖骨にぬるりと舌を這わせた。

「あ、ん」

ざわっと背中がおののく。

ギルベルトの顔が乳房の膨らみに押し付けられ、乳首をちゅうっと吸い上げた。ちりっと、灼けつくような刺激が下腹部に走る。

「や、あん……」

ぴくぴくと肩が震えた。

「お前のここは、触れる前はしっとりと柔らかいのに、すぐに硬く凝ってしまうな」

ギルベルトは口に含んでいない方の乳首を、指先で捏《こ》ね回《まわ》すよう摘み上げた。

「んんっ、んぅ、だめ……」

甘い痺れに身体が熱くなってくる。

「だめか？　もっとお前の肌を味わいたい」

ギルベルトはゆるゆると膝を折る。

そしてスカートの裾を捲り上げ、靴を脱がせた。ゆっくりと絹の靴下を引き下ろす。素足に外気が触れると、下肢がぶるりと震える。

ギルベルトは右足の踵を持ち上げ、爪先に口づけた。

「……あ……」

「なんて小さい足だろう――とても美味しそうだ」

ギルベルトは低い声でつぶやくや、ふいにナターリエの足指を口に咥え込んできた。

「あっ」

濡れた感触に身体がびくっとする。

ギルベルトは口の中で足指の間をぬるぬると舌で舐め回してきた。擽ったいのに、鼓動が速まり体の芯がじんわりと熱くなる。豆ができかけた皮膚に彼の唾液が沁みて、痛痒《いたがゆ》さがなぜか異様な興奮を煽《あお》り立ててくる。

「やめ……そんなこと……」

昂りはじめた自分が恥ずかしくて、足を引こうとしたが、逆に強い手の力で引き寄せられた。

ギルベルトは足指の一本一本を丁重に舐め上げ、足の甲から踵まで唇を這わせ、舌先で足裏を擽る。

ぴくんぴくんと腰が浮く。

「あ、や、め、だめ……」

ナタ一リエは両手でギルベルトの頭を押しやろうとした。

ギルベルトはもう片方の足を持ち上げた。

「抵抗するな。お前の身体を味わい尽くしたいんだ」

掠れた声でそう言うと、咥え込んだ足の指の間を舌でなぞり、爪先を吸い上げ、踵を甘噛みする。

「ん、ん、あ、あ……」

淫らな刺激に、媚肉がじくんと濡れてくるのがわかる。

両方の爪先を味わい尽くしたギルベルトは、今度は踝《くるぶし》からふくらはぎへと舌を移動させ、ナタ一リエの足に濡れた口づけを落としていく。

「だめ、もう……」

ギルベルトはスカートの裾をさらに大きく捲り上げた。太腿まで剥き出しになる。

「っ……」

ギルベルトの舌は膝裏から太腿へと、じりじりと這《は》い上がってくる。

淫らな期待に媚肉がざわめく。

ギルベルトは柔らかな内腿の肌を強く吸い上げた。

「あっ、あ、あ」

つきんとした痛みも、官能の欲望にさらに火を点ける。きっと恥ずかしい赤い跡が、肌に幾つも刻印されているだろう。

ギルベルトの熱い息遣いが、秘められた箇所に感じられ、膣壁がきゅんと締まった。

ギルベルトは指で秘所を押し開いた。すうっと外気が胎内に入り込む。

「やっ……め……」

「お前の小さな花芽がつんと尖ってくるのがよく見えるぞ」

「やあ、見ないで……っ」

「見られて嬉しいくせに——花弁がひくひくして、蜜が溢れてきた」

「い、言わないで……」

ギルベルトがじっと淫部を見ている。

ナターリエは息を凝らして、恥ずかしさに耐える。

見られているだけで、媚肉がきゅんきゅん締まり、とろとろと愛液を噴きこぼしてしまう。

「あ、あぁ、あ……」

「ふふ、見ているだけで達してしまいそうだ。可愛いな」

ぐっとギルベルトの顔が接近する。

彼の舌先が、ぬるっと花弁の合わせ目を舐めてきた。

「ひぅんんっ」

痺れるような快感に、背中が仰け反る。

濡れたギルベルトの舌が、ぐちゅぐちゅと陰唇を掻き回し、上下に舐め上げていく。

「あ、は、はあ、はぁあ……」

全身の血が熱く滾り、爪先に力が籠もった。

疼く花弁を隅々まで舐《ねぶ》られ、びくびくと腰が跳ねた。

「甘露がいくらでも溢れてくる——全部舐めてやろう」

ギルベルトが熱い息を吹きかけながら、くぐもった声を出す。その低い響きにすら、下腹部がじんじんと感じ入ってしまう。

「や、だめ、そんなにしちゃ……あっ、あ、はあぁっ」

ギルベルトが舌先で花芽の包皮を剥き、官能の源泉を暴き、さらに強く舌を押し付けてきた。

「ひ、う、あ、だめ、そこは、だめ……っ」

甲高い嬌声が漏れてしまう。

ギルベルトは両手でさらに陰唇を押し開き、むしゃぶりついてくる。

「んんぅ、ん、んん……っ」

ひくつく隘路から、とめどなく愛蜜が溢れ出し、ギルベルトはちゅうっと音を立ててはそれを啜り上げる。

「ふ、ふぅ、ふぁ……ぁ」

内壁がきゅんきゅん蠕動し、浅ましく腰を振り立ててしまう。

下肢から痺れるような愉悦が迫り上がり、耐えきれない快楽に目の前が真っ白に染まる。

「んんんーっ……っ」

全身がびくびくとのたうち、ナターリエは手の甲に強く歯を立てて声を押し殺して達してしまう。

「ふー、ふ、ぅ……」

手すりに背中をもたせかけ、息を弾ませる。これ以上の快感は無理だと思うのに、肉壁はもっと満たして突き上げて欲しくて、ひくひく収斂《しゅうれん》を繰り返した。

ギルベルトは、手で口を塞いでびくついているナターリエを見上げた。

「可愛いな。声を我慢して――」

彼の長い指が、ぬくりと媚肉の狭間に押し込まれ、ぐりぐりと内壁を抉ってきた。

「ぐ、ふ、ぁ」

内側の感じやすい箇所を、ギルベルトは巧みに押し上げてくる。そこから糖蜜のように悦楽がとろけて、胎内全体に拡《ひろ》がっていく。

「だ、め……ぇ」

ナターリエはいやいやと首を振る。

「お前の中、俺の指を締め付けて離さない──もっと欲しいか？」

ギルベルトはナターリエの反応を楽しむように、胎内をぐにぐにと掻き回しながら意地悪な声を出す。彼の指を咥え込んでいる媚肉の熱さで、そんなことは口にしなくてもわかっているくせに──ナターリエは恥ずかしさのあまり、息が止まりそうになる。

秘め事になると、ギルベルトはいつにも増して加虐的になる。

「も、もう、やめて……ください……おかしくなって」

消え入りそうな声で訴えると、ギルベルトの指がぬるっと抜け出て行った。

彼はゆらりと立ち上がる。

そしてぐぐっと顔を近づけ、欲望に血走り虹色に変化した瞳で見据えてくると、強引に口づけされる。

「んんぅ、ふ、ふぅう」

分厚い舌でぐちゅぐちゅと口腔を掻き回されると、かすかに甘酸っぱい愛液の味がして、卑猥な気持ちが昂ってくる。

唾液の銀の糸を引いてギルベルトが唇を離し、掠れた声でささやく。

「もう我慢ができない。いいか?」

返事を待たないで、ギルベルトはナターリエの細腰を抱えると、壁に押し付けてくるりと後ろ向きにさせた。

「ぁっ」

腰の上まで乱暴に裾が捲り上げられ、お尻を突き出すような恥ずかしい格好にさせられる。壁に手を突いて身体を支えると、背後で衣擦《きぬず》れの音がした。

かと思うと、後ろから蜜口に硬く張り詰めた切っ先がぬくりと押し当てられる。

「んんぅっ」

ずぶりと膨れ上がった剛直に突き上げられ、ナターリエは背中を仰け反らせて全身をおののかせた。

挿入だけで軽く達してしまう。

「ナターリエ、ナターリエ」

ギルベルトは滾る肉刀を最奥まで挿入し、勢いよく引き摺り出し、抽挿を開始する。始めから最速で抜き差しされ、ぱんぱんと肉の打ち当たる猥りがましい音が空気に響き渡る。

「ひぁっ、あ、あ、あぁ……っ」

理性のタガが外れた獣のような情交に、続け様に絶頂が上書きされ、ナターリエはがくがくと腰を痙攣させた。

「や、あ、激し……ぁ、あぁ、あ……ぁあっ」

太竿がぐちゅぐちゅと蜜襞を巻き込みながら根元まで突き入れられ、膨らんだ陰嚢が時折後孔をぱつんぱつんと刺激すると、目の前に熱い快楽の火花が煌めいて、もう気持ちいいとしか考えられない。

「愛している、ナターリエ、俺のナターリエ」

ギルベルトは息を荒がせながら、傘の開いた先端で子宮口の手前あたりをぐりぐりと突き上げ、いやらしい手つきで柔らかな臀部《でんぶ》を撫で回してくる。

「ひぁ、あ、奥、あ、そこ、だめ……あぁ、いっぱい……」

もはや声を抑える余裕もなく、ナターリエは与えられる愉悦に身悶えするばかりだ。

「よく締まる――たまらない」

ギルベルトは情欲に震える声でつぶやきながら、さらに肉棒で最奥を抉ってくる。膨れ上がった男根の根元が、開き切った媚肉を往復するたびに、鋭敏な花芽を擦り上げて、さらにくるおしい喜悦を迫り上げてくる。

「あ、やぁ、声……っ、出ちゃう……」

止められない嬌声を恥じるように身じろぐと、ギルベルトが腰の律動を止めないまま、やにわに右手でナターリエの口元を覆ってきた。長い指が強引に口の中に押し込まれた。

「ふぐぅ、ふ、はぁ、ふあぁ……」

喉奥まで節高な指が突き入れられ、声も息も奪われそうになる。嚥下できない唾液が口の端から溢れ、思わず彼の指に舌を這わせ、歯を立てていた。

「ああいいぞ、存分に噛め」

ギルベルトは後ろから覆い被さるようにして、空いている方の手でナターリエの胸の膨らみを掬い上げた。指の間で凝った乳首を挟み、こりこりと擦られると、下腹部にさらなる官能の刺激が走り、胎内がぎゅうっと締まる。

「ひぁ、ぐ、は、はぁふぅ……ぅ」

ギルベルトはナターリエのうなじに舌を這わせ、耳朶を甘噛みし、濡れた舌先で耳孔を抉ってくる。くちゅくちゅと濡れた音が鼓膜すら犯し、激烈な痺れが身体中を駆け巡っていく。

「お前のどこもかしこも、熱く疼いて、俺を求めている」

ギルベルトが熱に浮かされたような声を漏らし、さらに腰の律動を激しくしていく。

「……んぅ、ふぁあ、は、はぁ、ふうぅ……っ」

もう感じすぎて、どうしていいかわからない。解放して欲しいと思うのに、蠢動する肉襞は歓喜して、ギルベルトの肉茎を離そうとしない。

泡だった愛液がじゅくりと掻き出され、結合部から内腿まで淫らに伝い、床の上までしとどに濡らす。

絶頂の奔流に意識が飛びそうになった。

次第にギルベルトの律動が速まっていく。ナターリエの身体の隅々まで知り尽くしている彼は、最奥のひどく感じる場所を硬い先端でぐちゅぐちゅと掻き回しては、突き上げる行為を繰り返す。

「も、だ、め……」

最後の絶頂が迫る。もっともっとギルベルトと強く繋がりたい。

「ふ、ひ、は、はぁ、は……あぁ」

ナターリエは顔を振り向け、歓喜に潤む瞳でギルベルトを見つめた。

「どうした？　キスが欲しいか？」

熱に浮かされた表情でナターリエがうなずくと、口腔に押し込まれたギルベルトの指が抜かれる。

直後、彼の唇が重ねられ、性急に舌が押し込まれる。

「んんんっ……」

夢中でギルベルトの舌に自分の舌を絡ませる。

互いの唾液を啜り合い、強く吸い上げる。くるおしく深い口づけに耽溺《たんでき》しながら、ギルベルトは滾る肉茎を深く挿入したまま揺さぶってきた。

脳芯まで焼き切れそうな愉悦に、ナターリエはびくびくと全身をのたうたせた。

「んっ、んんん――――っ」

直後、ギルベルトは熱い白濁の奔流をナターリエの内壁へ噴き上げる。

「ぁ、ふ、ぁ……ぁ……」

断続的に熟れ襞が収斂し、ギルベルトの肉胴を締め付けた。

濡れた唇が解放され、詰めていた呼吸が再開される。

「……は、はぁ、は、ぁ……」

「は――あ――」

「愛している、ナターリエ、世界一可愛い俺の薬師」

「愛しています、ギルベルト様……」

二人はぴったり寄り添ったまま、快感の余韻にいつまでも浸るのであった。


その後――。

王妃となったナターリエは、王家付きの薬師長官の役職に就いた。

彼女はこれまでの国の医療体制に、大きくメスを入れた。

国中の無医村地区に、薬師の乗った救急馬車を巡回させる法令を作らせた。これにより、民の病気や怪我による死亡率がぐっと下がった。また、全国の主要都市に医学学校を開き、医師の育成に努めた。国内外の病院や医薬研究所と連携を取り、新薬の開発や知識を共有させ、優れた薬が次々に生まれることとなった。

ナターリエは「医学の発展に多大なる功績を残した王妃」として、後々の世まで伝えられることとなる。

グーテンベルク国はますます栄え、国王と王妃はたくさんの子宝に恵まれた。

二人は健やかに長生きをし、末長く愛し合ったのである。

あとがき

皆さんこんにちは！　すずね凜です。

「完全無敵の愉悦王は××不全⁉　この病、薬師令嬢にしか治せません！」は、いかがでしたか？

恋には純情な一途なヒーローと思い込みの激しい生真面目なヒロインの、すれ違いイチャラブ物語です。今回はコミカルでくすっと笑える場面も多い明るいお話です。脇役たちも皆いい味を出していて、書いていてとても楽しかったです。


今回も、編集さんには大変お世話になりました。

また、華麗で素敵なイラストを描いてくださったなおやみか先生にも心より感謝します。

そして、この本を手に取ってくださった読者の皆様に、最大級の御礼を申し上げます。

また新しいロマンスの世界を皆様にお届けできるよう頑張ります！

すずね凜

ガブリエラブックスをお買い上げいただきありがとうございます。
すずね凜先生・なおやみか先生へのファンレターはこちらへお送りください。

〒110-0016　東京都台東区台東4-27-5（株）メディアソフト
ガブリエラブックス編集部気付　すずね凜先生／なおやみか先生　宛

MGB-127

完全無敵の愉悦王は××不全!?

この病、薬師令嬢にしか治せません！

2024年12月15日　第1刷発行

著　者　すずね凜《りん》

装　画　なおやみか

発行人　沢城了

発　行　株式会社メディアソフト
〒110-0016
東京都台東区台東4-27-5
TEL：03-5688-7559　FAX：03-5688-3512
https://www.media-soft.biz/

発　売　株式会社三交社
〒110-0015
東京都台東区東上野1-7-15
ヒューリック東上野一丁目ビル３階
TEL：03-5826-4424　FAX：03-5826-4425
https://www.sanko-sha.com/

印　刷　中央精版印刷株式会社

フォーマットデザイン　小石川ふに（deconeco）

装　丁　吉野知栄（CoCo.Design）

ISBN 978-4-8155-4353-2